# 一笑

古龍自署

國際學術研討會

與

武俠小說

# 古龍武俠小說 領先時代半世紀

【記者賴素鈴／報導】江湖代有才人出，這廂古龍凋零二十載，那廂今朝懸賞百萬獎新秀，浪淘不盡，唯有武俠熱愛，不隨時間變易，在學術研討會上更見分明。以「一代鬼才：古龍與武俠小說」爲主題，淡江大學第九屆文學與美學國際學術研討會昨起在國家圖書館，展開爲期兩天的議程，紀念武俠小說家古龍逝世二十周年，新生代學者與古龍故舊齊聚一堂，以文論劍話武俠。

日前與淡大中文系教授林保淳共同發表《台灣武俠小說發展史》，武俠小說評論家葉洪生昨天在專題演講中，直批胡適1959年底發表「武俠小說下流論」是「胡說」，學界泰斗的不當發言以及隨即展開的「暴雨專案」，反而促成1960年起台灣武俠新秀的繁興，「武俠小說迷人的地方，恰恰在門道之上。」，葉洪生認定，武俠小說審美四原則在文筆、意構、雜學、原創性，他強調：「武俠小說，是一種『上流美』。」

集多年心血完成《台灣武俠小說發展史》，葉洪生認爲他已爲從十歲起迷上武俠小說的半世紀畫上完美句點，並且宣布他「以後決心退出武俠論壇，封劍退隱江湖」。

雖然葉洪生回顧武俠小說名家此起彼落，套太史公名言「固一世之雄也，而今安在哉？」，認爲這是值得深思的嚴肅課題，昨天意外現身研討會而備受矚目的溫世禮，則爲了紀念同是武俠迷的哥哥溫世仁，推出第一屆「溫世仁武俠小說百萬大賞」，即日起至今年10月3日截止收件，經兩階段評選後於明年12月7日公布首獎得主，預料將會是一場武林新秀的龍虎爭霸戰。

看明日誰領風騷？風雲時代出版社發行人陳曉林眼中的古龍，其實領先他的時代半世紀，以致如今雖然古龍逝世20年，陳曉林認爲大家對古龍的了解仍然有限，預言未來世代更能和古龍的後設風格共鳴。

昨天這場研討會，也凸顯武俠小說作爲一項文學研究門類，仍有待開發學習空間。多位與會者都指出，武俠小說的發表、出版方式和管道具考證難度，學術理論與論文格式的建立待加強。而武俠名家的版權之爭、市場競爭力，也增加出版推廣困難，古龍武俠小說的版權糾紛、司馬翎作品的版權官司也成爲研討會的場外話題。

# 第九屆文學與美

## 一代鬼才

# 古龍

古龍兄為人慷慨豪邁、跌蕩自如，變化多端，文如其人，且復多奇氣。惜英年早逝，余與古兄當年交好，且喜讀其書，今痛不見其人，又無新作可讀，深自嘆惜。

金庸

一九九六、十、十一、香港

# 三少爺的劍

（下）

古龍精品集 5

# 三少爺的劍（下）


廿六　久別重逢……005
廿七　聚短離長……021
廿八　身經百戰……037
廿九　患難相共……053
卅　千紅劍客……069
卅一　存心送死……085
卅二　胸有成竹……101

# 目・錄


卅三　血洗紅旗……117
卅四　鐵騎快劍……131
卅五　一朵珠花……147
卅六　欣逢知己……161
卅七　看破生死……175
卅八　口誅筆伐……189
卅九　賭劍決勝……203
四十　預謀在先……221

# 目・錄


四一 看輕生死……237
四二 絕處逢生……251
四三 瞭若指掌……267
四四 奪命之劍……285
四五 對手相逢……299
四六 大惑不解……315
四七 淡泊名利……333

# 廿六 久別重逢

老和尚沉默了很久，又長長嘆了口氣，道：「不錯，燕十三，當然是燕十三。」

竹葉青道：「普天之下，除了夫人外，只有他知道謝曉峰劍法中的破綻？」

老和尚道：「可是他自從在綠水湖中刻舟沉劍後，江湖中就再也沒有人見到過他的行蹤，他怎麼會替夫人去找謝曉峰？」

竹葉青道：「他不會。」

老和尚道：「謝曉峰會去找他？」

竹葉青道：「也不會。」

他微笑，又道：「可是我保證他們一定會在無意中相見。」

老和尚道：「真的無意？」

竹葉青拂衣而起，淡淡道：「是有情？還是無情？是有意？還是無意？這些事有誰能分得清？」

夜。

院子裡黑暗而幽靜，謝曉峰卻走得很快，用不著一點燈光，他也能找到這裡的。

就在這個院子，就在這同樣安靜的晚上，他也不知有多少次曾經披衣而起，來靜靜的體味這中宵的風露和寂寞。

今夜星辰非昨夜，今日的謝曉峰，也已不再是昔日那個沒有用的阿吉。

世事如棋，變幻無常，又有誰能預測到他明日的遭遇？

現在他唯一關心的，只是他身邊的這個人。

小弟慢慢的走在他身邊，穿過黑暗的庭院，忽然停下來，道：「你走吧！」

謝曉峰道：「你不走？」

小弟搖搖頭，臉色在黑暗中看來慘白如紙，過了很久，才徐徐道：「我們走的本就不是一條路，你走你的，我走我的。」

謝曉峰看看他慘白的臉，心裡又是一陣刺痛，也過了很久才輕輕的問：「你不能換一條路走？」

小弟握緊雙拳，大聲道：「不能。」

他忽然轉身衝出去，可是他身子剛躍起，就從半空中落下。他慘白的臉上，冷汗如雨，再想掙扎著躍起，卻已連站都站不穩了。

他本來以爲自己可以挨得住柳枯竹那一劍，現在卻發覺傷口裡的疼痛愈來愈無法忍受。

他已暈了過去。

等他醒來時，斗室中一燈如豆，謝曉峰正在燈下，凝視著一截半寸長的劍尖。

枯竹劍的劍尖。

枯竹劍拔出時，竟留下了這一截劍尖在他的肩胛骨節裡。

這種痛苦有誰能忍受？

若不是因爲謝曉峰有一雙極穩定的手，又怎麼能將這截劍尖取出來？

可是直到現在他的衣服還沒有乾，手心也還有汗。

直到現在，他的手才開始發抖。

小弟看著他，忽然道：「這一劍本該是刺在你身上的。」

謝曉峰苦笑，道：「我知道。」

小弟道：「所以你雖然替我治了傷，我也用不著感謝你。」

謝曉峰道：「你用不著……」

小弟道：「所以我要走的時候，你也不該留我。」
謝曉峰道：「你幾時要走？」
小弟道：「現在。」
可是他沒有走，他還沒力氣站起來。
謝曉峰慢慢的站起來，走到床頭，凝視著他，忽然問：「以前你就見過我？」
小弟道：「雖然人沒見過，卻有見過別人替你畫的一幅像。」
謝曉峰並沒有問是誰替他畫的像，他知道這個人是誰。
他只問：「你有沒有告訴過別人，你已認出了我？」
小弟道：「我只告訴過一個人！」
謝曉峰道：「誰？」
小弟道：「天尊。」
謝曉峰道：「所以她就訂下這計劃來殺我？」
小弟道：「她知道要殺你並不容易。」
謝曉峰道：「單亦飛、柳枯竹、富貴神仙手，和那老和尚都是天尊的人？」
小弟道：「仇二也是。」
謝曉峰沉默了很久，才輕輕的問：「天尊就是你母親？」

這句話他顯然早就想問了，卻一直不敢問。

小弟回答得卻很快：「不錯，天尊就是我母親，現在我也用不著瞞你。」

謝曉峰黯然道：「你本來就不必瞞我，我們之間，本就不該有秘密。」

小弟盯著他，道：「爲什麼？」

謝曉峰目中又露出痛苦之色，喃喃道：「爲什麼？你真的不知道爲什麼？」

小弟搖頭。

謝曉峰道：「那麼我問你，既然你母親要殺我，你爲什麼要救我？」

小弟還是在不停的搖頭，臉上也露出痛苦迷惘之色，忽然跳起來，用身上蓋著的被蒙住了謝曉峰的頭，一腳踢開了斗室的門，衝了出去。

謝曉峰若是要追，就算用一千張，一萬張被，也一樣攔不住他的。

可是他沒有追，因爲他掀起這張被時，就看見了慕容秋荻。

冷冷清清的星光，冷冷清清的夜色，冷冷清清的小院裡，有一棵已枯萎了的白楊樹。她就在樹下，清清淡淡的一個人，清清淡淡的一身衣服，眼皮朦朧。沒有人知道她是從哪裡來的，也沒有人知道她是幾時來的。她要來的時候就來了，要走的時候，誰也留不住。有人說她是天上的仙子，有人說她是地下的幽靈，不管別人怎麼說，她都不在乎。

已經有十五年了。

漫長的十五年，在這四千多個長長短短、冷冷熱熱、有甜有苦的日子裡，有多少人生？多少人死？有多少滄桑？多少變化？

可是她沒有變。十五年前，他第一次看見她時，她就是這麼樣一個人。

可是他已變了多少？

小院中枯樹搖曳，斗室裡一燈如豆。

她沒有走進來，他也沒有走出去，只是靜靜的互相凝視著。

他們之間的關係，也總是像這麼樣，若即若離，不可捉摸。

沒有人能了解他對她的感情，也沒有人知道他心裡在想什麼。

不管他心裡想什麼，至少他臉上連一點都沒有表露。

他久已學會在女人面前隱藏自己的情感，尤其是這個女人。

有風，微風。

她抬起手，輕撫被微風吹亂的頭髮，忽然笑了笑。她很少笑。

住。

她的笑容也像是她的人，美麗、高雅、飄忽，就像春夜中的微風，沒有人能捉得住。

她的聲音也像是春風般溫柔：「已經有很多年了？是十五年？還是十六年？」

他沒有回答，因爲他知道她一定比他記得更清楚，也許連每一天發生的事都能記住。

她笑得更溫柔：「看樣子你還是沒有變，還是不喜歡說話。」

他冷冷的看著她，過了很久，才冷冷的問：「我們還有什麼話好說？」

她的笑容消失，垂下了頭：「沒有了……沒有了……」

是不是真的沒有了？什麼都沒有了？

不是。

她忽又抬起頭，盯著他：「我們之間若是真的已無話可說，我爲什麼要來找你？」

這句話本該是他問她的，她自己卻先問了出來。然後她又自己回答：「我來，只因爲我要帶走那個孩子，你以前既然不要他，現在又何必來惹他，讓他痛苦？」

他的瞳孔收縮，就像是忽然有根針刺入他心裡。

她的瞳孔也在收縮：「我來，也因爲我要告訴你，我一定要你死。」

她的聲音冰冷，彷彿忽然變了個人：「而且這一次我要讓你死在我自己手裡。」

謝曉峰冷冷道：「天尊殺人，又何必自己出手？」

慕容秋荻道：「殺別人我從不自己出手，你卻是例外。」

又有一陣風，她的頭髮更亂。

風還沒有吹過去，她的人已撲了過來，就像是發了瘋一樣撲過來，就像是又變成了另外一個人。

現在她已不再是那清淡高雅，春風般飄忽美麗的少女。

也不再是那冷酷聰明，傲視天下武林的慕容夫人。

現在她只不過是普普通通的女人，被情絲糾纏，愛恨交迸，已完全無法控制自己。

她沒有等謝曉峰先出手，也沒有等他先露出那一點致命的破綻。她根本連一點武功都沒有用出來。因爲她愛過這個男人，又恨這個男人，愛得要命，又恨得要命。所以她只想跟他拚了這條命，就算拚不了也要拚。

對這麼樣一個女人，他怎麼能施展出他那天下無情的劍法？

他身經百戰，對付過各式各樣的武林高手，度過了無數次致命的危機。可是現在他簡直不知道應該怎麼辦。

桌上的燈被踢翻了。

慕容秋荻已潑婦般衝進來。彷彿想用牙齒咬他的耳朵，咬他的鼻子，把他全身的肉都一塊塊咬下來，也彷彿想用指甲抓他的頭髮，抓他的臉。

他一拳就可以把她打出去，因爲她全身上下都是破綻。可是他不能出手，也不忍出手。

他畢竟是個男人，她畢竟曾經是他的女人。他只有往後退，斗室中可以退的地方本不多，他已退無可退。

就在這時，她手裡忽然有劍光一閃，毒蛇般向他刺了過來！

這一劍已不是潑婦的劍，而是殺人的劍！

精華！

致命的殺手！

這一劍不但迅速、毒辣、準確，而且是在對方最想不到的時候和方向出手，刺的正是對方最想不到的部位。

這一劍不但是劍法中的精粹，也已將兵法中的精義完全發揮。

這本是必殺必中的一劍，可是這一劍沒有中。

除了謝曉峰外，世上絕沒有第二個人能避開這一劍，因爲世上也沒有人能比他更了解慕容秋荻。

他能避開這一劍，並不是他算準了這一劍出手的時間和部位，而是因爲他算準了慕容秋荻這個人。

他了解她的，也許比她自己還多。

他知道她不是潑婦，也知道她絕不會有無法控制自己的時候。

劍鋒從他脅下劃過時，他已擒住她的腕脈，他的出手時間也絕對準確。

短劍落下，她的人也軟了，整個人都軟軟的倒在他懷裡。她的身子輕盈、溫暖而柔軟。他的手卻冰冷。

長夜已將盡，晨曦正好在這時從窗外照進來，照在她臉上。

她臉上已有淚光。一雙朦朦朧朧的眼睛，又在癡癡迷迷的看著他。

他看不見。

她忽然問：「你還記不記得，我們第一次相見的時候，我也要殺你，你也奪過了我的劍，就像這樣抱著我！」

他聽不見，可是他忘不了那一天——

是春天。

綠草如茵的山坡上，濃蔭如蓋的大樹下，站著個清清淡淡的大女孩。

他看見了她對他笑了笑，笑容就像春風般美麗飄忽。

他也對她笑了笑。

看見她笑得更甜，他就走過去，採下一朵山茶送給她。她卻給了他一劍。

劍鋒從他咽喉旁劃過時，他就抓住了她的手，她吃驚的看著他，問他：「你就是謝家的三少爺？」

「你怎麼知道我是？」他反問。「因爲除了謝家的三少外，沒有人能在一招間奪下我的劍。」

他沒有問她是不是已有很多人傷在她劍下，也沒有問她爲什麼要傷人。

因爲那天春正濃，花正艷，她的身子又那麼輕，那麼軟。

因爲那時他正年少。

現在呢？

十五年漫長艱辛的歲月，已悄悄的從他們身邊溜走。

現在他心裡是不是還有那時同樣的感覺？

她仍在低語：「不管你心裡怎麼樣想，我總忘不了那一天，因爲就在那一天，我就把我整個人都給了你，迷迷糊糊的給了你，你卻一去就沒了消息。」

他好像還是聽不見。

她又說：「等到我們第二次見面的時候，我已訂了親，你是來送賀禮的。」

「那時我雖然恨你，怨你，可是一見到你，我就沒了主意。」

「所以就在我訂親的第二天晚上，我又迷迷糊糊的跟著你走了，想不到你又甩下了我，又一去就沒消息。」

「現在我心裡雖然更恨你，可是……可是……我還是希望你能像以前一樣，再騙我一次，再把我帶走，就算這次你殺了我，我也不怨你。」

她的聲音哀怨柔美如樂曲，他真的能不聽？真的聽不見？

他真的騙了她兩次，她還這麼對他。他真的如此薄情，如此無情？

「我知道你以爲我已變了！」

她已淚流滿面：「可是不管我在別人面前變成了個什麼樣的人，對你，我是永遠不會變的。」

謝曉峰忽然推開她，頭也不回的走了出去。她還不放棄，還跟著他。

斗室外陽光已照遍大地，遠處山坡又是一片綠草如茵。

他忽然回頭，冷冷的看著她：「你是不是一定要我殺了你？」

她臉上淚猶未乾，卻勉強作出笑臉：「只要你高興，你就殺了我吧。」

他再轉身往前走，她還在跟著：「可是你的傷口還在流血，至少也該讓我先替你包好。」

他不理。

她又說：「雖然這是我叫人去傷了你的，可是那完全是另外一回事，只要你開口，我隨時都可以去替你殺了那些人。」

他的腳步又慢了，終於又忍不住回過頭，冷酷的眼睛裡已有了感情。

不管那是愛？還是恨？都是種深入骨髓，永難忘懷的感情。

堤防崩潰了，冰山融化了。

縱然明知道堤防一崩，就有災禍，可是堤防要崩時，又有誰能阻止？她又倒入他懷裡。又是一年春季，又是一片綠草如茵。

謝曉峰慢慢的從山坡上坐起來，看著躺在他身旁的這個人。他心裡在問自己：「究竟是我負了她？還是她負了我？」

沒有人能答覆這問題，他自己也不能。

他只知道，無論她是好是壞，無論是誰負了誰，他只有和這個人在一起時，才能忘記那些苦難和悲傷，心裡才能安寧。

他自己也不知道這是種什麼樣的感情，只知道人與人之間，若是有了這種感情，就算是受苦受騙，也是心甘情願的。

就算死都沒關係。

她又抬起頭，癡癡迷迷的看著他：「我知道你心裡在想什麼？」

「你知道？」

「你想要我解散天尊，帶回那個孩子，安安靜靜的過幾年。」

她的確說中了他的心事。

就算他天生是浪子，就算他血管裡流著的都是浪子的血，可是他也有厭倦的時候。

尤其是每當大醉初醒，夜深人靜時，又有誰不想身畔能有個知心的人，能敘說自己的痛苦和寂寞？

她輕輕握住了他的手，忽又問道：「你知道我心裡在想什麼？」

他不知道，女人的心事，本就難測，何況是她這樣的女人。

她忽然笑了笑，笑得很奇怪：「我在想，你真是個呆子。」

「呆子？」

他不懂。

「你知不知道天尊是我花了多少苦心才建立的？我怎麼能隨隨便便就將它毀了？你既然已不要那孩子，我爲什麼要帶來給你？」

謝曉峰的心沉了下去，全身都已冰冷，從足底直冷到心底。

慕容秋荻看著他臉上的表情，笑得更瘋狂：「你至少也該想想，我現在是什麼地位？什麼身分？難道還會去替你煮飯洗衣裳？」

# 廿七　聚短離長

她不停的笑：「現在你居然要我做這些事，你不是呆子誰是呆子？」

謝曉峰真的是個呆子？

他五歲學劍，六歲解劍譜，七歲時已可將唐詩讀得朗朗上口，大多數像他那種年紀的孩子，還在穿開襠褲。可是他在慕容秋荻面前，卻好像真的變成了個不折不扣的呆子。

無論誰在某一個人面前都會變成呆子的，就好像上輩子欠這個人的債。

他慢慢的站起，看著她，道：「你說完了沒有？」

慕容秋荻道：「說完了又怎麼樣？難道你想殺了我？」

她的笑聲忽然變成悲哭，大哭道：「好，你殺了我吧，你這麼對我，反正我也不想活了。」

她哭得傷心極了，臉上卻連一點悲傷之色都沒有，忽又壓低聲音，道：「喜歡你的女人太多，我知道你漸漸就會忘了我的，所以我每隔幾年就要修理你一次，好讓你永遠忘不了我。」

這句話說完，她哭的聲音更大，忽然伸手在自己臉上用力摑了兩巴掌，打得臉都紫了，又大叫道：「你爲什麼不索性痛痛快快的殺了我？爲什麼要這樣打我？折磨我。」

她捂著臉，痛哭著奔下山坡，就好像他真在後面追著要痛打她。

謝曉峰連指尖都沒有動，山坡下卻忽然出現了幾個人。

一個滿頭珠翠的華服貴婦，第一個迎上來，將她摟在懷裡。

後面跟著的三個人，一個是白髮蒼蒼的老者，腰肢也還是筆直的，手裡提著個長長的黃布袋。

另一個人雖然才過中年，卻已顯得老態龍鍾，滿臉都是風塵之色，彷彿剛趕過遠路。

走在最後面的，卻是個身材纖弱的小姑娘，一面走，一面偷偷的擦眼淚。

謝曉峰幾乎忍不住要叫出來。

「娃娃。」

最後走上山坡的這個小姑娘，竟然就是他一直在擔心著的娃娃。他沒有叫，只因爲另外三個人他也認得，而且認識得很久。

那老當益壯的白髮人，是他的姑丈華少坤。

二十年前，「游龍劍客」華少坤力戰武當的八大弟子，未曾一敗，又娶了神劍山莊主人謝王孫的堂房妹妹「飛鳳女劍客」謝鳳凰，龍鳳雙劍，珠聯璧合，江湖中都認爲是最理想的一對璧人。

那時正是華少坤如日中天，平生最得意的時候，想不到就在這時候，他竟敗在一個乳臭還未乾的十來歲的童子劍下。擊敗他的那個小孩，就是謝曉峰。

正將慕容秋荻抱在懷裡，替她擦眼淚的貴婦人，就是他的姑姑謝鳳凰。

那個身材已剛臃腫的中年胖子也姓謝，也是他的遠房親戚，而且還是從小看著他長大的。

他很小的時候，就常常溜到對面湖畔的小酒店去要酒喝。這中年胖子，就是那小酒店的謝掌櫃。

他們怎麼也到這裡來了？怎麼會和娃娃在一起？

謝曉峰猜不透，也不想猜，他只想趕快走得遠遠的，不要讓這些人看見他。

只可惜他們都已經看見了他，華少坤正在看著他冷笑，娃娃正在看著他流淚。

謝掌櫃已喘息著爬上山坡，彎下腰，陪笑招呼：「三少爺，好久不見了，你好。」

謝曉峰很不好，心情不好，臉色也不好，可是對這個在他八、九歲時就偷偷給他酒喝的老好人，他卻不能不笑笑，才問：「你怎麼會到這裡來的？」

謝掌櫃不會說謊，只有說老實話：「我們都是慕容姑娘請來的。」

謝曉峰道：「她請你們來幹什麼？」

謝掌櫃遲疑著，不知道這次是不是還應該說老實話。

謝鳳凰已冷笑道：「來看你做的好事。」

謝曉峰閉上了嘴。

他知道他這位姑姑非但脾氣不好，對他的印象也不好，世上本就沒有任何女人會喜歡一個把自己老公打敗了的人，不管這個人是不是她的侄子都一樣。

可惜姑姑就是姑姑，不管她對你的印象好不好，都一樣是你的姑姑。

他雖然閉上了嘴，謝鳳凰卻不肯放過他：「想不到我們謝家竟出了你這樣的人才，不但會欺負女人，連自己的孩子都可以不要。」

她指著慕容秋荻臉上的指痕：「你已經騙了她兩次，她還是全心全意的對你，你為什麼還要把她打成這樣子。」

慕容秋荻流著淚道：「他……他沒有……」

謝鳳凰怒道：「你少開口，剛才你們在那小客棧裡說的話，我們全都聽得清清楚楚，他自己既然一句都不敢否認，你為什麼還要替他洗脫？」

她又問：「那些話謝掌櫃是不是也全都聽得清清楚楚？」

謝掌櫃道：「是。」

謝掌櫃道：「你說別的女人，我們管不著，也懶得管。可是姑蘇慕容跟我們謝家的關係卻不同，就是你不要你的兒子，我們謝家卻不能不認這個孩子，更不能不認這個媳婦。」

謝曉峰沒有開口，他的嘴唇在發抖。現在他總算已完全明白慕容秋荻的企圖。

她故意將這些人找來，安排他們躲在那客棧附近，故意說那些話，讓他們聽見，好讓他以後想辯白也沒法子辯白。

現在她已是江南慕容和天尊的主人，可是她還不滿足。她還在打神劍山莊的主意。

謝家若是承認了她們母子，她當然就可以順理成章的接下神劍山莊的霸業。

謝鳳凰又在問：「你還有什麼話說？」

謝曉峰沒有說話，這些事他雖然已想到，卻連一句都沒說出。

謝鳳凰道：「謝家的家法第一條是什麼？」

謝曉峰的臉色還沒有變，謝掌櫃的臉色已變了。

他也知道謝家的家法，第一條就是戒淫——淫人妻女，斬其雙足。

謝鳳凰冷笑道：「你既已犯了這一戒，就算我大哥護著你，我也容不得你！」

她的手一招，山坡下立刻就有個重髫童子送上了一柄劍。

劍一出鞘，寒氣就已扎人肌膚。

謝鳳凰厲聲道：「現在我就要替我們謝家清理門戶，你還不跪下來聽命受刑！」

謝曉峰沒有跪下。

謝鳳凰冷笑道：「人證物證俱在，難道你還不肯認錯，難道你敢不服家法？」

她知道沒有人敢不服家法。

誰不服家法，誰就必將受天下英雄的唾棄，現在她手裡不僅有一把劍，還有條繩子，用江湖千百年來傳下的規矩編成的繩子，這條繩子已將謝曉峰緊緊綑住。

誰知謝曉峰就偏偏不服。

謝鳳凰臉色變了。她是個很幸運的女人，不但有很好的家世，也有個很好的丈夫，江湖中敢正眼看看她的人卻不多。所以她傲慢、驕縱，一向是大小姐的脾氣，從來也沒有將別人看在眼裡。她想到的事立刻就要做。

長劍一抖，已經準備出手。

可是她想不到那位走兩步路就要喘氣的謝掌櫃，動作忽然變得快了，忽然間就已擋在她面前，陪笑道：「華夫人，請息怒！」

謝鳳凰道：「你想幹什麼？」

謝掌櫃道：「我想三少爺心裡也許還有些不足爲外人道的苦衷，就算華夫人要用家法處治他，也不妨先回去見了老太爺再說。」

謝鳳凰冷笑道：「你口口聲聲的叫我華夫人，是不是想提醒我，我已不是謝家的人？」

謝掌櫃心裡雖然就是這意思，嘴裡卻不肯承認，立刻搖頭道：「小人不敢。」

謝鳳凰道：「就算我已不是謝家的人，這把劍卻還是謝家的劍。」

她長劍一展，厲聲道：「這把劍就是家法。」

謝掌櫃道：「華夫人說得有理，只不過小人還有一點不明白。」

謝鳳凰道：「哪一點？」

謝掌櫃還是滿臉陪笑，道：「我不懂謝家的家法，怎麼會到了華家人的手裡？」

謝鳳凰臉色又變了，怒道：「你好大的膽子，竟敢對姑奶奶無理。」

謝掌櫃道：「小人不敢。」

這四個字出口，他左手一領，右手一撞、一托，謝鳳凰掌中的劍，忽然間就已到了他手裡。

他的人已退出三丈。

這一招用得簡單、乾淨、迅速、準確，其中的變化巧妙，更難以形容。

謝曉峰出手奪柳枯竹的劍，用的正是這一招。

謝鳳凰整個人都已僵住，臉色已氣得發青，厲聲道：「你是從哪裡學會這一招的？」

謝掌櫃陪笑道：「華夫人既然也認出了這一招，那就最好了。」

他慢慢的接著道：「這是老爺子的親傳，他老人家再三囑咐我，學會了這一招後，千萬不可亂用，可是只要看見謝家的劍在外姓人的手裡，就一定要用這一招去奪回來。」

他又笑了笑：「老爺子說出來的話，我當然不敢不聽。」

謝鳳凰氣得連話都說不出了，滿頭珠翠環珮，卻在不停的響。

她也知道這一招的確是謝家的獨門絕技，而且一向傳子不傳婿，傳媳不傳女。

剛才她的劍在一瞬間就已被人奪走，就因爲她也不懂這一招中的奧秘。

華少坤忽然道：「閣下是謝家的什麼人？」

他的人看來雖然高大威猛，說話的聲音卻是細聲細氣，斯文得很。他本來不是這樣子，自從敗在三少爺的劍下之後，這些年來想必在求精養神，已經將涵養功夫練得很到家了，所以剛才一直都很沉得住氣。

謝掌櫃道：「算起來，小人只不過是老太爺的一個遠房堂侄而已。」

華少坤道：「你知道這把劍是什麼劍？」

謝掌櫃道：「這就是謝家的祖宗傳下來的四把寶劍之一。」

劍光一閃，劍氣就已逼人眉睫。

華少坤長長嘆了口氣，道：「好劍！」

謝掌櫃道：「的確是好劍！」

華少坤道：「閣下配不配用這把劍？」

謝掌櫃道：「不配。」

華少坤道：「那麼閣下爲何還不將這把劍送還給三少爺？」

謝掌櫃道：「小人正有此意。」

他說的是老實話，他本來的確早就有這意思了，卻不懂華少坤這是什麼意思。

可是他看得出謝鳳凰懂。他們是經過患難的夫妻，他們已共同生活了二十年，現在她的丈夫要人將這柄本來屬於她的劍送給別人，她居然沒有一點懊惱憤怒，反而露出種說不出的溫柔和關切。因爲只有她懂得他的意思，他也知道她懂。

劍已在謝曉峰手裡。可是他們兩個人誰都沒有再去看一眼，只是互相默默的凝視著。

也不知過了多久，華少坤忽然道：「再過幾天，就是十一月十五了。」

謝鳳凰道：「好像還要再過八天。」

華少坤道：「到了那一天，你嫁給我就已有整整二十年。」

謝鳳凰道：「我記得。」

華少坤道：「我從小就有個誓願，一定要到成名後再成親。」

謝鳳凰道：「我知道。」

華少坤道：「我成名時已四十出頭，我娶你的時候，比你就整整大了二十歲。」

謝鳳凰笑了笑，道：「現在你還是比我大二十歲。」

這地方不止他們兩個人，他們卻忽然說起他們兩個人之間的私事來。

他們的聲音都很溫柔，表情卻都很奇怪，甚至連笑都笑得很奇怪。

華少坤道：「這二十年來，只有你知道我過的是什麼樣的日子。」

謝鳳凰道：「我知道，你……你一直覺得對不起我。」

華少坤道：「因爲我敗了，我已不是娶你時那個華少坤，無論到了什麼地方，都已沒法子再出人頭地，可是你……」

他走過來，握住了他妻子的手：「你從來也沒有埋怨過，一直都在忍受著我的古怪脾氣，沒有你，我說不定早已死在陰溝裡。」

謝鳳凰道：「我爲什麼要埋怨你？這二十年，每天早上一醒來，就能看見你在我的身邊，對一個女人來說，還有什麼事能比得上這種福氣？」

華少坤道：「可是現在我已經老了，說不定那天早上，你醒來時就會發現我已離你而去。」

謝鳳凰道：「可是……」

華少坤不讓她開口，又道：「每個人都遲早會有那麼樣一天的，這種事我一向看得很淡，可是我絕不能讓別人說，謝家的姑奶奶，嫁的是個沒出息的丈夫，我總要爲你爭口氣！」

謝鳳凰道：「我明白。」

華少坤握緊她的手，道：「你真的明白？」

謝鳳凰點了點頭，眼淚已流下面頰。

華少坤長長吐出口氣，道：「謝謝你。」

謝謝你。

這是多麼俗的三個字，可是這三個字此刻從他嘴裡說出來，其中不知藏著有多少柔情，多少感激，濃得連化都化不開。

娃娃的眼淚已濕透衣袖。現在連她都已明白他的意思，連她都忍不住要爲他們感動悲哀。

華少坤已坐下來，坐在草地上。草色早已枯黃——雖然在少年情侶的眼裡，這裡還是綠草如茵的山坡，那也只不過因爲在情人心裡，每一天都是春天，每一季都是春季。

他們都已是多年的夫妻，他們的愛情久已昇華。

他坐下來，將手裡提著的黃布包擺在膝蓋上，慢慢的抬起頭，面對著謝曉峰。

謝曉峰已明白他的意思，只不過還在等著他自己說出來。

華少坤終於道：「現在我用的已不是劍。」

謝曉峰道：「哦？」

華少坤道：「自從敗在你劍下後，我已發誓終生不再用劍。」

他看著膝上的包袱，道：「這二十年來，我又練成了另外一種兵刃，我日日夜夜都在盼望著，能夠再與你一戰。」

謝曉峰道：「我明白。」

華少坤道：「可是我已敗在你劍下，敗軍之將，已不足言勇，所以你若不屑再與我這老人交手，我也不怪你。」

謝曉峰凝視著他，目光中忽然露出尊敬之意，臉上卻全無表情，只淡淡的說了個字：「請。」

用黃布做成的包袱，針腳縫得很密，外面還纏著長長的布帶，打著密密的結。一種很難解得開的結。要解開這種結，最快的方法就是一把拉斷，一刀斬斷。可是華少坤並沒有這麼樣做，這二十年來，他久已學會忍耐。他情願多費些事，將這些結一個個解開。

這是不是因爲他知道聚短離長，想再跟他的妻子多廝守片刻。謝鳳凰看著他，忽然擦乾了眼淚，蹲在他身邊，道：「我來幫你的忙。」

布帶是她結成的，她當然解得快。她明知她丈夫此去這一戰，生死榮辱，都很難預測。

她明知她的丈夫這一去就未必能回得來，爲什麼不願再拖延片刻？因爲她不願這片刻時光，消磨了他的勇氣和信心。

因爲她希望他這一戰能夠致勝。他了解他妻子的心意，她也知道他了解。這種了解是多麼困難？又是多麼幸福！多麼珍貴！

每個人都已被他們這種情感所感動，只有慕容秋荻連看都沒有看他們一眼，卻一直在看著那黃色包袱。

她心裡在想：「這包袱裡藏著的究竟是種什麼樣的兵器？是不是能擊敗謝曉峰？」

華少坤壯年時就已是天下公認的高手，被謝曉峰擊敗後，體力也許會逐漸衰退，再難和他的顛峰時代相比。

可是一個人有了一次失敗的經驗後，做事必定更謹慎，思慮必定更周密，絕不會再像少年時那麼任性衝動，也絕不會再做沒有把握的事。何況，謝曉峰劍法的可怕，他已深深體會，要選擇一種武器來對付三少爺的劍，並不是件容易事。

看他對這包袱的珍惜，就可以想像到他選擇的這種武器，必定是江湖中很少見的，而且必定是極犀利、極霸道的一種。他蓄精養神，苦練了二十年，如今竟不惜冒生命之險，甚至不惜和他患難與共的妻子離別，要再來與謝曉峰一戰，可見他對這一戰必定已有了相當把握。

慕容秋荻輕輕吐出口氣，對自己的分析也很有把握。現在若有人要跟她打賭，她很可能會賭華少坤勝。比數大概是七比三，最低也應該是六比四。她相信自己這判斷絕不會太錯。

包袱終於解開，裡面包著的兵器，竟只不過是根木棍！

一根普通的木棍，本質雖然很堅硬，卻絕對不能與百煉精鋼的寶劍相比。

這就是他苦練二十年的武器？就憑這根木棍，就能對付三少爺的劍？

慕容秋荻看著這根木棍，心裡也不知是驚訝？還是失望？

也許每個人都會覺得很吃驚、很失望，謝曉峰卻是例外。

只有他了解華少坤選擇這種兵器的苦心，只有他認爲華少坤這種選擇絕對正確。

木棍本就是人類最原始的一種武器，自從遠古，人類要獵獸爲食，保護自己時，就有了這種武器。就因爲它是最原始的一種武器，而且每個人都會用它來打人趕狗，所以都難免對它輕視，卻忘了世上所有的兵器，都是由它演變而來的。木棍本身的招式也許很簡單，但是在一位高手掌中，就可以把它當作槍，當作劍，當作判官筆……

所有武器的變化，都可以用這一根木棍施展出來。

華少坤要將這麼一根普通的木棍包藏得如此仔細，也並不是在故弄玄虛，而是一種心戰，對自己的心戰。

他一定要先使自己對這木棍珍惜尊敬，然後才會對它生出信心。

「信心」本身就是種武器，而且是最犀利、最有效的一種。

# 廿八 身經百戰

慕容秋荻也是個聰明絕頂的人，也很快就想通了這道理。可是她還有一點不懂。

她不懂華少坤爲什麼不用金棍、銀棍、鐵棍，卻偏偏要選擇一削就斷的木棍？

太陽昇起，劍鋒在太陽下閃著光，看來甚至比陽光還亮。

華少坤已站起來，只看了他妻子最後一眼，就大步走向謝曉峰。

謝曉峰一直靜靜的站在那裡，等著他，臉上完全沒有表情，對剛才所有的事都完全無動於衷。要成爲一個優秀的劍客，第一個條件就是要冷酷、無情。

尤其是在決戰之前，更不能讓任何事影響到自己的情緒。

——就算你老婆就在你身旁和別的男人睡覺，你也要裝作沒看見。

這是句在劍客們之間流傳很廣的名言，誰也不知道是什麼人說出來的，可是大家都承認它很有道理，能夠做到這一點的人，才能活得比別人長些。

謝曉峰彷彿已做到了這一點。華少坤看著他，目中流露出尊敬之色。

謝曉峰卻在看著他手裡的木棍，忽然道：「這是件好武器。」

華少坤道：「是的。」

謝曉峰道：「請。」

華少坤點點頭，手裡的木棍已揮出，刹那間就已攻出三招。

這三招連環，變化迅速而巧妙，卻沒有用一著劍招。

慕容秋荻在心裡嘆了口氣，她看得出謝曉峰只要用一招就可將木棍削斷。

想不到他卻沒有用她想像中的那一招，只用劍脊去招華少坤的手。

慕容秋荻眼睛亮了，直到現在，她才知道華少坤為什麼要用木棍。

因為他知道謝曉峰絕不會用劍去削他的木棍，謝家的三少爺絕不會在兵刃上佔這種便宜。

既然不肯用劍去削他的木棍，出手間就反而會受到牽制。

所以華少坤選擇木棍作武器，實在遠比任何人想像中都聰明。

慕容秋荻忍不住微笑，走過去拉住謝鳳凰冰冷的手，輕輕的道：「你放心，這一次華先生絕不會敗的。」

高手相爭，勝負往往在一招間就可決定，只不過這決定勝負的一招，並不一定是第一招，很可能是第幾十招，幾百招。

現在他們已交手五十招，華少坤攻出三十七招，謝曉峰只還了十三招。因爲他的劍鋒隨時都要避開華少坤的木棍。

——作爲一個劍客，最大的目的就是求勝，不惜用任何手段，都要達到這目的。

謝曉峰沒有做到這一點，因爲他太驕傲。「驕者必敗。」想到這句話，慕容秋荻心裡更愉快，就在這時，只聽「啪」的一聲響，木棍一打劍脊，謝曉峰的劍竟被震得長虹般沖天飛起。

謝曉峰後退半步，竟說出了他這一生從未說過的三個字：「我敗了！」說完了這三個字，他就轉過身，頭也不回的走上山坡。華少坤既沒有阻攔，也沒有追擊，追上去的是謝掌櫃。

娃娃也想追上去，慕容秋荻卻拉住了她，柔聲道：「你跟我回去，莫忘了我那裡還有個人等著你去照顧他。」

這時飛起的長劍已落下，就落在謝鳳凰身旁，劍鋒插入了土地，劍柄朝上，她只要一伸手就可以將劍拔起來，就好像是有人特地送回來的一樣。

謝曉峰的人已去遠，華少坤卻還是動也不動的站在那裡。

他一戰擊敗了天下無雙的謝曉峰，吐出了一口已壓積二十年的怨氣，可是他臉上並沒有勝利的光采，反而顯得說不出的頹喪。

過了很久，他才慢慢的走回來，腳步沉重得就好像拖著條看不見的鐵鍊。

謝鳳凰既沒有爲他歡呼，也沒有去拔地上的劍，只是默默的走過去，握住他的手。她了解他的丈夫，也明白爲什麼他在戰勝後反而會如此頹喪。

華少坤忽然問：「你不要那柄劍了？」

謝鳳凰道：「那是謝家人的，我卻已不是謝家的人。」

華少坤看著她，目中充滿了柔情與感激，又過了很久，忽然轉過身向慕容秋荻長長一揖，道：「我想求夫人一件事。」

慕容秋荻道：「但請吩咐。」

華少坤道：「不知道夫人能不能爲我在這柄劍旁立個石碑。」

慕容秋荻道：「石碑？什麼樣的石碑？」

華少坤道：「石碑上就說這是三少爺的劍，若有人敢拔出留爲己用，華少坤一定要去追回來，不但追回這柄，還要追他頸上的頭顱，就算要走遍天涯海角，也在所不惜。」

他爲什麼要爲他的仇敵做這種事？

慕容秋荻既沒有問，也不覺得奇怪，立刻就答應：「我這就叫人去刻石碑，用不著半天就可以辦妥了，只不過……」

華少坤道：「怎麼樣？」

慕容秋荻道：「如果有些頑童村夫從這裡經過，將這柄劍拔走了呢？他們既不認得三少爺，也不認得華先生，甚至連字都不認得，那怎麼辦？」

她知道華少坤沒有想到這一點，所以就說出自己的方法：「我可以在這裡造個劍亭，再叫人在這裡日夜輪流看守，不知華先生認爲是否妥當？」

這本是最周密完善的方法，華少坤除了感激外，還能說什麼？

慕容秋荻卻又幽幽的嘆了口氣，道：「有時我真想不通，不管他對別人怎麼樣，別人卻都對他很不錯。」

華少坤沉思著，緩緩道：「那也許只因爲他是謝曉峰。」

山坡後是一片楓林，楓葉紅如火。

謝曉峰找了塊石頭坐下，謝掌櫃也到了，既沒有流汗，也沒有喘氣。在酒店裡做了幾十年掌櫃後，無論誰都會變得很會做戲的，只不過無論誰也都有忘記做戲的時候。

直到現在，謝曉峰才發現自己從來都沒有真正了解過這個人。

他忍不住在心裡問自己——我真正了解過什麼人？

慕容秋荻？

華少坤？

謝掌櫃已嘆息著道：「我是從小看著你長大的，可是直到現在我才發現我根本就不知道你是個什麼樣的人，你做的每件事，我都完全弄不懂。」

謝曉峰並沒有告訴他這本是自己心裡想說的話，只淡淡的問道：「什麼事你不懂？」

謝掌櫃盯著他，反問道：「你真的敗了？」

謝曉峰道：「敗就是敗，真假都一樣。」

謝掌櫃道：「姑姑就是姑姑，不管她嫁給了什麼人都一樣。」

謝曉峰道：「你明白就好！」

謝掌櫃嘆了口氣，苦笑道：「明白了也不好，做人還是糊塗些好！」

謝曉峰顯然不願再繼續討論這件事，立刻改變話題，問道：「你究竟是怎麼會到這裡來的？」

謝掌櫃道：「我聽說你在這裡，就馬不停蹄的趕來，還沒有找到你，慕容姑娘就已經找到了我。」

謝掌櫃道：「然後呢？」

謝曉峰道：「然後她就把我帶到山坡下那間小客棧去，她去見你的時候，就叫我們在外面等著，我們當然也不敢隨便闖進去。」

謝曉峰冷冷道：「是不是不敢進去打擾我們的好事？」

謝掌櫃苦笑，道：「不管怎麼樣，你們的關係總比別人特別些。」

謝曉峰冷笑，忽然站起來，道：「現在你已見到我，已經可以回去了。」

謝掌櫃道：「你不回去？」

謝曉峰道：「我就是真要回去，也用不著你帶路。」

謝掌櫃凝視著他，道：「你爲什麼不回去？你心裡究竟有什麼不可以告訴別人的苦衷？」

謝曉峰已準備要走。

謝掌櫃道：「你想到哪裡去？是不是還想像前些日子那樣，到處去流浪，去折磨自己？」

謝曉峰根本不理他。

謝掌櫃忽然跳起來，大聲道：「我並不想管你的事，可是有件事你卻絕不能不管。」

謝曉峰終於看了他一眼，問道：「什麼事？」

謝掌櫃道：「你總不能讓你的兒子娶一個妓女。」

謝曉峰的瞳孔收縮：「妓女？」

謝掌櫃道：「我知道那個苗子兄妹是你的朋友，也知道他們都是好人，但是……」

謝曉峰打斷了他的話：「你怎麼知道這些事？」

謝掌櫃還沒有開口，楓林外已有個人道：「是我告訴他的。」

人在楓林外，聲音還很遠，謝曉峰已箭一般竄出去，扣住了這個人的手。

冰冷的手，就像是毒蛇——竹葉青是不是毒蛇中最毒的一種？

謝曉峰冷笑道：「你還沒有死？」

竹葉青微笑，道：「好人才不長命，我不是好人。」

謝曉峰道：「你想死？」

竹葉青道：「不想。」

謝曉峰道：「那麼你就最好趕快走得遠遠的，永遠莫要再讓我看見你。」

竹葉青道：「我本來就要走了，有份禮我卻非得趕快去送不可！」

謝曉峰的瞳孔又在收縮：「什麼禮？」

竹葉青道：「當然是那位苗子姑娘和小弟的婚禮，既然有慕容夫人作主婚，游龍劍客夫婦爲媒證，我這份禮當然是不可不送的。」

他微笑著，又問道：「三少爺是不是也有意思送一份禮去？」

謝曉峰的手也已變得冰冷。

竹葉青道：「夫人憐惜那位苗子姑娘的身世孤苦，又知道她也是三少爺欣賞憐惜的人，所以才作主將她許配給小弟。」

謝曉峰的手突然握緊，竹葉青臉上立刻沁出冷汗，立刻改口道：「可是我卻知道三少爺一定不會同意這件婚事。」

他壓低聲音：「只不過小弟也是天生的拗脾氣，若有人一定不許他做一件事，他也許反而偏偏非去做不可，所以三少爺如果想解決這問題，最好的法子就是釜底抽薪。」

有種人好像天生就會替人解決難題，竹葉青無疑正是這種人。

沒有薪火，釜中無論煮的是什麼都不會熟，沒有新娘子，當然也就不會有婚事。

握緊的手已放鬆，謝曉峰已在問：「他們的人在哪裡？」

竹葉青吐出口氣，道：「大家雖然都知道城裡有大老闆這麼樣一個人，可是見過他的人並不多，知道他住在哪裡的更少。」

謝曉峰道：「你知道？」

竹葉青又露出微笑，道：「幸好我知道。」

謝曉峰道：「他們就在那裡？」

竹葉青道：「仇二、單亦飛，和游龍劍客夫婦也在，他們都很贊成這件婚事，是不會讓人把新娘子帶走的。」

他微笑，又道：「幸好他們都很累了，今天晚上一定睡得很早，到了晚上，若是有我這麼樣一個人帶路，三少爺無論想帶誰走都方便得很。」

謝曉峰盯著他，冷冷道：「你爲什麼要對這件事如此熱心？」

竹葉青嘆了口氣，道：「那位苗子姑娘對我的印象一定不太好，小弟又是夫人的獨生子，這件婚事若是成了，以後我只怕就沒有什麼好日子過了。」

他看著謝曉峰的傷口：「可是我現在過的日子還算不錯，這城裡什麼地方有好大夫，什麼地方有好酒，我全知道。」

夜。

華少坤悄悄的從床上披衣而起，悄悄的推開門走出去。謝鳳凰並沒有睡著，也沒有叫住他，問他要去哪裡。她了解他的心情，她知道他一定想單獨到外面走走。近年來他們雖然已很少像今天一樣睡在一起，可是每一次他都能讓她覺得滿足快樂，尤其是今天，他對她的溫柔就像是新婚。

他的確是個好丈夫，盡到了丈夫的責任，對一個六十多歲的老人來說，這已經很不容易。

看著他高大強壯的背影走出去，她心裡充滿了柔情，只希望自己也能盡到做妻子的責任，讓他再多活幾年，過幾年快樂平靜的日子，忘記江湖中的恩怨，忘記謝曉峰，忘記山坡上的那一戰。

她希望他回來時就已能夠忘記，她自己也不願想得太多。

然後她就在朦朧中睡著，睡著了很久，華少坤還沒有回來。

廣大的庭園，安靜而黑暗。華少坤一個人坐在九曲橋外的六角亭裡，已坐了很久。經過了一次無限歡愉恩愛纏綿後，他還是睡不著。他不能忘記山坡上的那一戰，他心裡充滿了悔恨和痛苦。

夜漸深，就在他想回房去的時候，他看見一條人影從山石後掠過，肩上彷彿還背負著一個人，等他追過去時，已看不見了。

但是他卻聽見假山裡有人在低語，彷彿是竹葉青的聲音。

「現在你是不是已經相信了，他帶走的那個人，就是娃娃。」

竹葉青的聲音裡充滿挑撥：「他在你母親訂親的那天晚上，帶走你的母親，又在你訂親的晚上，帶走你的妻子。連我都不明白，他爲什麼要做這種事。」

另一個年輕的聲音突然怒喝：「住口！」

這年輕人當然就是小弟。

竹葉青卻不肯住口，又道：「我想他們現在一定又回到娃娃的老家去了，那地方雖然破舊，卻很清靜，又沒有人會到那裡去找他們，你最好也不要去，因爲……」

他的話還沒有說完，假山裡已有條人影箭一般竄出。

幸好這時華少坤已躍上假山，伏在山頂上，他認得出這個人正是小弟，也認得出後面走出來的一個人是竹葉青。

但是他暫時還不想露面，因爲他已決心要將這件陰謀連根挖出來。

他決心要爲謝曉峰做一點事。

竹葉青背負著雙手，施施然漫步而行，很快就看見他臥房窗裡的燈光。

他就住在離假山不遠的一個單獨院子裡，外面有幾百竿修竹，幾畦菊花。

臥房裡既然有燈光，紫鈴一定還在等著他，今天每件事都進行得很順利，他有權好好享受一個晚上，也許還要先喝一點酒。

門沒有鎖。住在這裡的人用不著鎖門，鎖也沒有用。

他可以想像得到紫鈴一定已經赤裸著躺在被裡等著他，卻想不到房裡還有另外一個人。仇二居然也在等著他。

燈前有酒，酒已將盡，仇二顯然已喝了不少，等了很久。坐在他旁邊斟酒的是紫鈴。

她並不是完全赤裸著的，她穿著衣服，甚至還穿了兩件。

可是兩件加起來還是薄得像一層霧。

竹葉青笑了：「想不到仇二先生也很懂得享受。」

仇二放下酒杯：「只可惜這是你的酒，你的女人，現在你已回來，隨時都可以收回去。」

竹葉青道：「不必。」

仇二道：「不必？」

竹葉青微笑道：「現在酒已是你的，女人也是你的，你不妨留下來慢慢享受。」

仇二道：「你呢？」

竹葉青道：「我走！」

他居然真的說走就走。

仇二看著他，眼睛裡充滿驚訝與懷疑，等他快走出門，忽然大聲道：「等一等。」

竹葉青停下來，道：「你還想要什麼？」

仇二道：「還想問你一句。」

竹葉青轉過身，面對著他，等著他問。

仇二嘆了口氣，道：「有些話我本該不問的，可是我實在很想知道你究竟是個什麼樣的人？心裡究竟在打什麼主意？」

竹葉青又笑了：「我只不過是個很喜歡交朋友的人，很想交你這個朋友。」

仇二也笑了。

他的臉在笑，瞳孔卻在收縮，又問道：「你的朋友還有幾個沒有被你出賣的？」

竹葉青淡淡道：「你在說什麼？我一句都聽不懂。」

仇二冷冷道：「你應該懂得的，因爲你幾乎已經把我賣了一次。」

他不讓竹葉青開口，又道：「黑殺本來也是你的朋友，你卻借茅一雲的手殺了他們，單亦飛、柳枯竹、富貴神仙手，和那老和尙，若是按照原定的計劃及時趕來接應，茅一雲就不至於死，可是你卻故意遲遲不發訊號，因爲你還要借謝曉峰的手，殺茅一雲。」

竹葉青既不反駁，也不爭辯，索性搬了張椅子，坐下來聽。

仇二道：「小弟本來也是你的朋友，你卻將他帶給了謝曉峰，就算謝曉峰不忍殺他，他自己只怕也要一頭撞死，看見自己的女人被人搶走，這種氣除了你之外，只怕再也沒有人能受得了。」

他的手已在桌下握住劍柄：「所以我才要特地來問問你，你準備幾時出賣我？把我賣給誰？」

竹葉青又笑了，微笑著站起來，面對窗戶：「外面風寒露冷，華先生既然已來了，爲什麼不請進來喝杯酒？」

窗子沒有動，門卻已無風自開，又過了很久，華少坤才慢慢的走進來。

四十歲之前，他就已身經百戰，也不知被人暗算過多少次。

直到現在他還能活著，只因爲他一向是個很謹慎小心的人。

他冷冷的看著竹葉青，道：「我本不該來的，現在卻已來了，那些話我本不該聽的，現在卻已聽見，所以我也想問問你，你究竟是個什麼樣的人？心裡究竟在打什麼主意？」

竹葉青微笑道：「我就知道華先生今天晚上一定睡不著的，一定還在想著今晨的那一戰，所以早就準備送些美酒去，爲華先生消愁解悶。」

他答非所問，好像根本沒聽見華少坤在說什麼，輕描淡寫的幾句話就將一個滾燙的熱山芋拋了回去。

# 廿九 患難相共

華少坤臉色果然變了，厲聲道：「我爲什麼睡不著？爲什麼要消愁解悶？」

竹葉青道：「因爲華先生是個君子。」

他的笑忽然變得充滿譏誚：「只可惜又不是真正的君子。」

華少坤的手已抖，顯然在強忍著怒氣。

竹葉青道：「今晨那一戰，是誰勝誰負，你知道得當然比誰都清楚。」

華少坤的手抖得更厲害，忽然拿起了桌上的半樽酒，一口氣喝了下去。

竹葉青道：「你若是真正的君子，就該當著你妻子的面，承認你自己輸了。」

他冷笑：「可是你不敢。」

華少坤用力握緊雙拳，道：「說下去。」

竹葉青道：「你若也像我一樣，也是個不折不扣的小人，就不會將這種事放在心上了，只可惜你又不是真正的小人，所以你心裡才會覺得羞愧痛苦，覺得自己對不起謝曉峰。」

他冷冷的接著道：「所以現在若有人問你，究竟是個什麼樣的人，你就不妨告訴他，你不但是個僞君子，還是個懦夫。」

華少坤盯著他，一步步走過去：「不錯，我是個懦夫，但是我一樣可以殺人……」

他的聲音忽然變得含糊嘶啞，收縮的瞳孔忽然擴散。

然後他就倒了下去。

仇二吃驚的看著他，想動，卻沒有動。

竹葉青道：「你想不通他爲什麼會倒下？」

仇二道：「他醉了？」

竹葉青道：「他已是個老人，體力已衰弱，又喝得太快，可是酒裡若沒有迷藥，還是醉不倒他的。」

仇二變色道：「迷藥？」

竹葉青淡淡道：「這裡的迷藥雖然又濃又苦，但若混在陳年的竹葉青裡，就不太容易分辨得出，我也是試驗了很多次才成功。」

仇二忽然怒吼，想撲過來，卻撞翻了桌子。

竹葉青微笑道：「其實你早該想到的，像我這樣的小人，怎麼會將這樣的好酒留給別人享受！」

仇二倒在地上，想扶著桌子站起來，剛起來又倒下。

竹葉青道：「其實我還得感謝你，華少坤本是個很謹慎的人，若不是看見你喝過那樽酒，他也不會喝的，卻不知你只不過因爲喝得太慢，所以藥才遲遲沒有發作。」

仇二只覺得他的聲音漸漸遙遠，人也漸漸遙遠，然後就什麼都聽不見，什麼都看不見了。

紫鈴忽然嘆了口氣，苦笑道：「我本來以爲你的野心只不過是想拚倒大老闆，取而代之，現在……現在連我也不知道你究竟是什麼樣的人，心裡究竟在打什麼主意。」

竹葉青笑了笑，道：「你永遠不會知道的。」

謝鳳凰從噩夢中醒來，連被單都已被她的冷汗濕透了。她夢見她的丈夫回來了，血淋淋站在她床頭，血淋淋的壓在她身上，壓得她氣都透不出，醒來時眼前卻只有一片黑暗。

他丈夫爲她點起的燈已滅了。

屋子裡沒有燃燈，謝曉峰一個人靜靜的坐在黑暗裡，坐在他們吃飯時總要特地爲公主留下的位子上。

——她一生下來就應該是個公主，你若看見她，也一定會喜歡她的，我們都以她爲榮。

炊火早已熄滅，連灰都已冷透。狹小的廚房裡，已永遠不會再有昔日的溫暖，那種可以讓人一直暖入心底的肉湯香氣，也永遠不會再嗅得到了。

但是他的確在這裡得到過他從來未曾得到過的滿足和安慰。

——我叫阿吉，沒有用的阿吉。

——今天我們的公主回家吃飯，我們大家都有肉吃，每個人都可以分到一塊，好大好大的一塊。

肉捧上來時，每個人眼睛裡都發出了光，比劍光還亮。

劍光閃動，劍氣縱橫，鮮血飛濺，仇人倒下。

——我就是謝家的三少爺，我就是謝曉峰。

——天下無雙的謝曉峰。

究竟是誰比較快樂？

是阿吉？

還是謝曉峰？

門悄悄的被推開，一個纖弱而苗條的人影，悄悄的走了進來。

這是她的家，這裡的每樣東西她都很熟悉，就算看不見，也能感覺得到。

現在她又回來了。

帶她回來的，是個胖胖的陌生人，卻有一身比燕子還輕靈的功夫，伏在他身上，就像是在騰雲駕霧。

她不認得這個人。

她跟他來，只因爲他說有人在這裡等她，只因爲等她的這個人就是謝曉峰。

阿吉慢慢的站起來，輕輕道：「坐。」

這是他們爲她留的位子，她回來，就應該還給她。

他還記得他第一次看見她坐在這張椅子上，她烏黑柔軟的頭髮長長披下來，態度溫柔而高貴，就像是一位真的公主。那時他就希望自己以前從未看過她，就希望她是一位真的公主。

——你總不能讓謝家的後代娶一個妓女做妻子。

——妓女，婊子。

他又想起他第一次看見她時，想起了他的手按在她小腹上時感覺到的那種熱力，想起了她倒在地上，腰肢扭動時的那種表情。

——我才十五，只不過看起來比別人要大些。

小弟還是個孩子。

——沒有人願意做那種事的，可是每個人都要生活，都要吃飯。

——她是她母親和哥哥心目中的唯一希望，她要讓他們有肉吃。

但是小弟才十五歲，小弟是謝家的骨肉。

娃娃已坐下來，像一位真的公主般坐下來，明亮的眼睛在黑暗中發著光。

謝曉峰遲疑著，終於道：「我見過你大哥。」

娃娃道：「我知道。」

謝曉峰道：「他受的傷已沒事了，現在也絕不會有人再去找他。」

娃娃道：「我知道。」

謝曉峰道：「我怕你不方便，所以請那位謝掌櫃去接你。」

娃娃道：「我知道。」

她忽然笑了笑：「我也知道你爲什麼要我來！」

謝曉峰道：「你知道？」

娃娃道：「你要我來，只因為你不要我嫁給小弟。」

她還在笑。

她的笑容在黑暗中看來，真是說不出的悲傷，說不出的淒涼。

她慢慢的接著道：「因為你覺得我配不上他，你對我好，照顧我，只不過是同情我，可憐我，但是你心裡還是看不起我的。」

謝曉峰道：「我……」

娃娃打斷了他的話，道：「你用不著解釋，我心裡也很明白，你真正喜歡的，還是那位慕容夫人，因為她天生就是做夫人的命，因為她用不著出賣自己去養她的家，用不著做婊子。」

她的淚已流下，忽然放聲大哭：「可是你有沒有想到，婊子也是人，也希望能有個好的歸宿，也希望有人真正的愛她。」

謝曉峰的心在刺痛，她說的每句話，都像是尖針般刺入了他的心。

他忍不住走過去，輕撫她的柔髮，想說幾句安慰她的話，卻又不知道該怎麼說。

她已痛苦般撲倒在他懷裡。

對她說來，能夠被他抱在懷裡，就已經是她最大的安慰。

他也知道，他怎麼忍心將她推開？

忽然間，「砰」的一聲響，門被用力撞開，一個臉色慘白的少年，忽然出現在門外，眼睛裡充滿了悲傷和痛苦，充滿了恨。

誰知道仇恨有多大的力量，可以讓人做出多麼可怕的事來？誰知道真正的悲傷是什麼滋味？

也許小弟已知道。也許謝鳳凰也知道。

華少坤的屍體，是一個時辰前在六角亭裡被人發現的。他的咽喉已被割斷，衣服上、手上、蒼白的鬚髮上都是血。他身旁還有把血刀。

沒有人能形容出謝鳳凰看到她丈夫屍身時的悲傷、痛苦，和憤怒。

在那一瞬間，她就像是忽然變成了隻瘋狂的野獸，得把自己整個人都撕裂，裂成片片，再用火燒，再用刀切，燒成粉末，切成濃血。七、八隻有力的手按住了她，直到一個時辰後，她才總算漸漸平靜。

可是她還在不停的流淚。

二十年患難相共的夫妻，二十年休戚相關，深入骨髓的感情。

——現在他已是個老人，你們爲什麼還要他死？死得這麼慘！她的悲傷忽然變作仇恨，忽然冷冷道：「你們放開我，讓我坐起來。」

天雖然已快亮了，桌上還燃著燈，燈光照在慕容秋荻臉上，她的臉色也是慘白的。

謝鳳凰已在她對面坐下，淚已乾了，眼睛裡只剩下仇恨。

真正的悲傷可以令人瘋狂，真正的仇恨卻能令人冷靜。

她冷冷的看著跳躍的燈火，忽然道：「我錯了，你也錯了！」

慕容秋荻道：「你爲什麼錯了？」

謝鳳凰道：「因爲我們都已看出，今晨那一戰，敗的並不是謝曉峰，而是華少坤，可是我們都沒有說出來。」

慕容秋荻不能否認。

謝曉峰的那柄劍，若是真正被震飛的，又怎麼會恰巧落在謝鳳凰手裡？

他借別人的一震之力，還能將那柄劍送到謝鳳凰手裡，這種力量和技巧用得多麼巧妙？

謝鳳凰道：「謝曉峰本來不但可以擊敗他，還可以殺了他，可是謝曉峰沒有這麼做，所以現在殺他的人，也絕不會是謝曉峰。」

慕容秋荻也不能否認。

謝鳳凰盯著她，道：「所以我想問你，除了謝曉峰外，這裡還有什麼人能一劍割斷他的咽喉？」

慕容秋荻沉思著，過了很久很久才回答：「只有一個人。」

謝鳳凰道：「誰？」

慕容秋荻道：「就是他，他自己。」

謝鳳凰用力握住自己的手，指甲刺入掌心：「難道你說他……他是自殺的？」

慕容秋荻道：「嗯。」

謝鳳凰忽又用力搖頭，大聲道：「不會，絕不會，爲了我他絕不會這麼做。」

慕容秋荻嘆了口氣，道：「他這麼做，也許就是爲了你。」

她接著又道：「因爲他看得出你也知道真正敗的是他，你不忍說出來，他自己也沒有勇氣說出來，這種羞侮和痛苦，一直在折磨著他，像他那麼剛烈的人，怎麼能忍受？」

謝鳳凰垂下頭，黯然道：「可是……」

慕容秋荻道：「可是如果沒有謝曉峰，他就不會死！」她自己是女人，當然很了解女人。女人們在自己悲傷憤怒無處發洩時，往往會遷怒到別人頭上。

謝鳳凰果然立刻又抬起頭，道：「謝曉峰也知道他的脾氣，也許早就算準了他會走上這條路，所以才故意那樣做。」

慕容秋荻輕輕的嘆了口氣，道：「那倒也不是完全不可能！」

謝鳳凰又盯著跳躍的火焰看了很久，忽然道：「我聽說只有你知道謝曉峰劍法中的破綻。」

慕容秋荻苦笑道：「我的確知道，可是知道了又有什麼用？」

謝鳳凰道：「爲什麼沒有用？」

慕容秋荻道：「因爲我的力量不夠，出手也不夠快，雖然明明知道他的破綻在哪裡，等我一招發出時，已來不及了。」

她嘆息著，又道：「這就像我雖然明明看見有隻麻雀在樹上，等我去捉時，麻雀已飛走。」

謝鳳凰道：「可是你至少已知道捉麻雀的法子。」

慕容秋荻道：「嗯。」

謝鳳凰道：「你有沒有告訴過別人？」

慕容秋荻道：「只告訴過一個人，因爲只有他那柄劍，或許能對付謝曉峰。」

謝鳳凰道：「這個人是誰？」

慕容秋荻道：「燕十三。」

小弟已轉身衝了出去，連一個字都沒有說，就轉身衝了出去。他已親眼看見他們擁抱在一起，還有什麼話好說？

——就算親眼看見的事，也未必就是真的。

他還不了解這句話，也不想聽人解釋，只想一個人走得遠遠的，愈遠愈好。

因爲他自覺受了欺騙，受了傷害，縱然他對娃娃並沒有感情，但是她也不該背叛她，謝曉峰更不該。

謝曉峰了解這種感覺。他也曾受過欺騙，受過傷害，也曾是個倔強而衝動的熱血少年。

他立刻追了出去。他知道謝掌櫃一定會照顧娃娃的，他自己一定要照顧小弟。

只有他能從這少年倔強冷酷的外表下，看出他內心深處那一份脆弱的情感。

他一定要保護他，不讓他再受到任何傷害。

小弟明知他跟在身後，卻沒有回頭。

他不想再見這個人，可是他也知道，謝曉峰若是決心想跟住一個人，無論誰都休想甩脫。

謝曉峰沒有開口。

因爲他也知道，這少年若是決心不想聽人解釋，無論他說什麼都沒有用。

天已經亮了，日色漸高。

他們從陋巷走入鬧市，從鬧市而走入荒郊，已從荒郊走上大道。

道上的過客大都行色匆匆。

現在秋收已過，正是人們結算這一年盈虧利息的時候。有些人正急著要將他們的收穫帶回去和家人分享。有些人帶回去的，卻只有滿心疲勞，和一身債務。謝曉峰忍不住在心裡問自己。——這一年我是否已努力耕耘過？有什麼收穫？——這一年是我虧負了別人，還是別人虧負了我？有些人的賬，本就是誰都沒法子算得清的。

正午。

他們又走進了另一個城市，走上了熱鬧的花街。

不同的城市，同樣的人，同樣在為著名利和生活奔波。同樣要被恩怨情仇所苦。

謝曉峰在心裡嘆了口氣，抬起頭，才發現小弟已停下來，冷冷的看著他。

他走過去，還沒有開口，小弟忽然問：「你一再跟著我，是不是因為你已決心準備要好好照顧我？」

謝曉峰承認。他忽然發現小弟了解他，就正如他了解小弟一樣。

小弟道：「我已走得累了，而且餓得要命。」

謝曉峰道：「那麼我們吃飯去。」

小弟道：「好極了。」

他停下來的地方，就在「狀元樓」的金字招牌下，一轉身就可以看見裡面那和氣生財的胖掌櫃，正在對著他們鞠躬微笑。

「八熱炒四葷四素，先來八個小碟子下酒，再來六品大菜，蝦子烏參，燕窩魚翅，全雞全鴨，一樣都不能少。」

這就是小弟點的菜。

胖掌櫃微笑鞠躬：「不是小人誇口，這地方除了小號外，別家還真沒法子在倉促間辦得出這麼樣一桌菜來。」

小弟道：「只要菜做得好，上得快，賞錢絕不會少。」

胖掌櫃道：「卻不知還有幾位客人？幾時才能到？」

小弟道：「沒有別的客人了。」

胖掌櫃道：「只有你們兩位，能用得了這麼多的菜？」

小弟道：「只要我高興，吃不了我就算倒在陰溝裡去，也跟你沒關係。」

# 卅 千紅劍客

胖掌櫃不敢再開口，鞠躬而退。別的桌上卻有人在冷笑：「這小子也不知是暴發戶，還是餓瘋了！」

小弟好像根本沒聽見，喃喃道：「這些菜都是我喜歡吃的，只可惜平時很難吃得到！」

謝曉峰道：「只要你高興，能吃多少，就吃多少。」

沒有人能吃得下這麼樣一桌菜，小弟每樣只吃了一口，就放下筷子：「我飽了。」

謝曉峰道：「你吃得不多？」

小弟道：「若是吃一口就已嚐出滋味，又何必吃得太多？」

他長長吐出口氣，拍了拍桌子，道：「看賬來。」

像他這樣的客人並不多，胖掌櫃早就在旁邊等著，陪笑道：「這是八兩銀子一桌的菜，外加酒水，一共是十兩四錢。」

小弟道：「不貴。」

胖掌櫃道：「小號做生意一向規矩。連半分錢都不會多算客官的。」

小弟看了看謝曉峰，道：「加上小賬賞錢。我們就給他十二兩怎麼樣？」

謝曉峰道：「不多。」

小弟道：「你要照顧我，我吃飯當然該你付錢。」

謝曉峰道：「不錯。」

小弟道：「你爲什麼還不付！」

謝曉峰道：「因爲我連一兩銀子都沒有。」

小弟笑了，大笑，忽然站起來，向剛才有人冷笑的桌子走過去。

這一桌的客人有四位，除了一個酒喝最少，話也說得最少，看起來好像有點笨頭笨腦的布衣少年外，其餘三個人，都是氣槪軒昂，意氣風發的英俊男兒，年紀也都在二十左右。

桌上擺著三柄劍，形式都很古雅，縱未出鞘，也看得出都是利器。

剛才在冷笑的一個人，衣著最華麗，神情最驕傲，看見小弟走過來，他又在冷笑。

小弟卻看著擺在他手邊的那柄劍，忽然長長嘆了口氣，道：「好劍。」

這人冷笑道：「你也懂劍？」

小弟道：「據說昔年有位徐魯子徐大師，鑄劍之術，天下無雙，據說他曾應武當第七代掌門之邀，以西方精鐵之英，用武當解劍池的水，鑄成了七柄利劍，由掌門人傳給門下劍術最高的七大弟子，人在劍在，死後才交回掌門收執。」

他微笑問道：「卻不知這柄劍是否其中之一？」

冷笑的少年還在冷笑，身旁卻已有個紫衣人道：「好眼力。」

小弟道：「貴姓？」

紫衣人道：「我姓袁，他姓曹。」

小弟道：「莫非就是武當七大弟子中，最年輕英俊的曹寒玉？」

紫衣人又說了句：「好眼力。」

小弟道：「那麼閣下想必就是金陵紫衣老家的大公子了。」

紫衣人道：「我是老二，我叫袁次雲，他才是我的大哥。」袁飛雲就坐在他身旁，唇上已有了微髭。

小弟道：「這位呢？」

他問的是那看來最老實的布衣少年：「彩鳳不與寒鴉同飛，這位想必也是名門世家的少爺公子。」

布衣少年只說了三個字：「我不是。」

小弟道：「很好。」

這兩個字下面顯然還有下文，布衣少年就等著他說下去。老實人通常都不多說，也不多問。

小弟果然已接著說道：「這裡總算有個人是跟他無冤無仇的了。」

袁次雲道：「他是誰？」

小弟道：「就是那個本來該付賬，身上卻連一兩銀子都沒有的人。」

袁次雲道：「我們都跟他有冤仇？」

小弟道：「好像有一點。」

袁次雲道：「有什麼冤？什麼仇？」

小弟道：「賢昆仲是不是有位叔父，江湖人稱千紅劍客？」

袁次雲道：「是。」

小弟道：「這位曹公子是不是有位兄長，單名一個『冰』字？」

袁次雲道：「是。」

小弟道：「他們兩位是不是死在神劍山莊的？」

袁次雲臉色已變了，道：「難道你說的那個人就是……」

小弟道：「他就是翠雲峰，綠水湖，神劍山莊的三少爺謝曉峰。」

「嗆啷」一聲，曹寒玉的劍已出鞘，袁家兄弟的手也已握住劍柄。

「你就是謝曉峰？」

「我就是。」

劍光閃動間，三柄劍已將謝曉峰圍住。

謝曉峰的臉色沒有變，胖掌櫃的臉卻已被嚇得發青，小弟突然走過去，拉了拉他衣角，悄悄問：「你知不知道吃白食的，最好的法子是什麼？」

胖掌櫃搖頭。

小弟道：「就是先找幾個人混戰一場，自己再悄悄溜走。」

小弟已經溜了。他說溜就溜，溜得真快，等到胖掌櫃回過頭，他早已人影不見。

胖掌櫃只有苦笑。他並不是不知道這法子，以前就有人在這裡用過，以後一定還有人會用。

因爲用這法子來吃白食，實在很有效。

正午，長街。

小弟沿著屋簷下的陰影往前走。能夠擺脫掉謝曉峰，本是件很令人得意高興的事，可是他卻連一點這種感覺都沒有。

他只想一個人奔走入原野，放聲吶喊，又想遠遠的奔上高山之巔去痛哭一場。

也許只有他自己知道自己爲什麼會這麼想，也許連他自己都不知道。

——謝曉峰是不是能對付那三個眼睛長在頭頂上的小雜種？

——他們誰勝誰負，跟我有什麼狗屁關係？

就算他們全部都死了，也有他們的老子和娘來爲他們悲傷痛哭，我死了有誰會爲我掉一滴眼淚？

小弟忽然笑了，大笑。街上的人全都扭過頭，吃驚的看著他，都把他看成個瘋子。可是他一點都不在乎，別人隨便把他看成什麼東西，他都不在乎。

一輛大車從前面的街角轉過來，用兩匹馬拉著的大車，嶄新的黑漆車廂，擦得比鏡子還亮，窗口還斜插著一面小紅旗。

身上繫著條紅腰帶的車把式，手揮長鞭，揚眉吐氣，神氣得要命。

小弟忽然衝過去，擋在馬頭前，健馬驚嘶，人立而起。

趕車的大吼大罵，一鞭子抽了下來。

「你想死？」

小弟還不想死，也不想挨鞭子，左手帶住了鞭梢，右手拉住了韁繩，趕車的就一頭栽在地上，車馬卻已停下。

車窗裡一個人探出頭來，光潔的髮髻，營養充足的臉，卻配著雙兇横的眼。

小弟走過去，深深吸了口氣，道：「好漂亮的頭髮，好香。」

這人狠狠的瞪著他，厲聲道：「你想幹什麼？」

小弟道：「我想死。」

這人冷笑，道：「那容易得很。」

小弟微笑，道：「我就知道我找對了地方，也找對了人。」

他看著這人扶在車窗上的一雙手，粗短的手指，手背上青筋凸起。

只有經過長期艱苦奮鬥，而且練過外家掌力的人，才會有這麼一雙手，做別的事也許都不適宜，要扭斷一個人的脖子卻絕非難事。

小弟就伸長了脖子，拉開車門，微笑道：「請。」

這人反而變得有些猶疑了，無緣無故就來找死的人畢竟不太多。

車廂裡還有個貓一樣蜷伏著的女人，正瞇著雙新月般的睡眼在打量著小弟，忽然吃吃的笑道：「他既然這麼想死，你爲什麼不索性成全了他？胡大爺幾時變得連人都不敢殺了？」

她的聲音就像她的人一樣嬌弱而柔媚，話中卻帶著貓爪般的刺。

胡大爺眼睛裡立刻又露出兇光，冷冷道：「你幾時見過我胡非殺過這樣的無名小輩？」

貓一樣的少女又吃吃的笑道：「你怎麼知道他是個無名的小輩？他年紀雖輕，可是年輕人裡名氣大過你的也有不少，說不定他就是武當派的曹寒玉，也說不定他就是江南紫衣袁家的大少爺，你心裡一定就在顧忌著他們，所以才不敢出手。」

胡非的一張臉立刻漲得血紅，這少女軟言溫柔，可是每句話都說中了他的心病。

他知道曹寒玉和袁家兄弟都到了這裡，這少年若是沒有點來歷，怎敢在他面前無禮？」

小弟忽然道：「這位胡大爺莫非就是紅旗鏢局的鐵掌胡非？」

胡非立刻又挺起了胸膛，大聲道：「想不到你居然還有點見識。」

江湖豪傑聽見別人知道自己的名頭，心裡總難免有些得意，如果自己的名頭能將對方駭走，那當然更是再好也沒有。

小弟卻嘆了口氣，道：「我也想不到。」

胡非道：「想不到什麼？」

小弟道：「想不到紅旗鏢局居然有這麼大的威風，這麼大的氣派，連鏢局一個小小的鏢師，都能擺得出這麼大的排場來。」

這樣的鮮衣怒馬，香車美人，本來就不是一個普通鏢師能養得起的。紅旗鏢局的聲譽雖隆，總鏢頭「飛騎快劍」鐵中奇的追風七十二式和二十八枝穿雲箭雖然是名震江湖的絕技，可是鏢局裡的一個鏢頭，月俸最多也只不過有幾十兩銀子。

胡非的臉漲得更紅，怒道：「我的排場大小，跟你有什麼關係？」

小弟道：「一點關係都沒有。」

胡非道：「你姓什麼？叫什麼？是什麼來歷？」

小弟道：「我既沒有姓名，也沒有來歷，我……我……」

這本是他心裡的隱痛，他說的話雖不傷人，卻刺傷了他自己。像曹寒玉那樣的名門子弟，提起自己的身世時，當然不會有他這樣悲苦的表情。

胡非心裡立刻鬆了口氣，厲聲道：「我雖不殺無名小輩，今日卻不妨破例一次。」

他的人已箭一般竄出車廂，鐵掌交錯，猛切小弟的咽喉。

小弟道：「你雖然肯破例了，我卻又改變了主意，又不想死了。」

這幾句話說完，他已避開了胡非的二十招，身子忽然一輕，「嗤」的一聲，中指彈出，指尖已點中了胡非的腰。胡非只覺得半邊身子發麻，腰下又痠又軟，一條腿已跪了下去。

那貓一樣的女人，道：「胡大鏢頭爲什麼忽然變得如此多禮？」

胡非咬著牙，恨恨道：「你……你這個吃裡扒外的賤人……」

那貓一樣的女人道：「我吃裡扒外？我吃了你什麼？憑你一個小小的鏢師，就能養得起我？」

她看著小弟，又道：「小弟弟，你剛才只有一樣事看錯了。」

小弟道：「哦？」

貓一樣的女人道：「一直都是我在養他，不是他在養我。」

胡非怒吼，想撲過去，又跌倒。

貓一樣的女人道：「最近你吃得太多，應該少坐車，多走路。」

她用那雙新月般的眼睛看小弟：「可是我一個人坐在車裡又害怕，你說該怎麼辦呢？」

小弟道：「你想不想找個人陪你？」

貓一樣的女人道：「我當然想，想得要命，可是，我在這裡人地生疏，又能找得到誰呢？」

小弟道：「我。」

胡非一條腿跪在地上，看著小弟上了車，看著馬車絕塵而去，卻沒有看見後面已有人無聲無息的走過來，已到了他身後。

車廂裡充滿了醉人的香氣。小弟蹺起了腳，坐在柔軟的位子上，看著對面那貓一樣蜷伏在角落裡的女人。這女人要甩掉一個男人，簡直比甩掉一把鼻涕還容易。

這女人也在看著他，忽然道：「後面究竟有什麼人在追你，能讓你怕得這麼厲害？」

小弟故意不懂：「誰說後面有人在追我？」

貓一樣的女人笑道：「你雖然不是好人，可是也不會無緣無故要搶人馬車的，你故意要找胡非的麻煩，就因爲你看上了車上的紅旗，躲在紅旗鏢局的車子裡，總比躲在別的地方好些。」

她的眼睛也像貓一樣利，一眼就看出了別人在打什麼主意。

小弟笑了：「你怎麼知道我是看中了車上的紅旗，不是看中了你？」

貓一樣的女人也笑了：「好可愛的孩子，好甜的嘴。」

她眨著眼，眼波流動如春水：「你既然看中了我，爲什麼不過來抱抱我？」

小弟道：「我怕。」

貓一樣的女人道：「怕什麼？」

小弟道：「怕你以後也像甩鼻涕一樣甩了我。」

貓一樣的女人嫣然道：「我只甩那種本來就像鼻涕的男人，你像不像鼻涕？」

小弟道：「不像。」

他忽然間就已坐了過去，一下子就已抱住了她，而且抱得很緊。

他的身世孤苦離奇，心裡充滿了悲憤不平，做出來的事，本來就不是可以用常理揣測的。

他的手也很不老實。

貓一樣的女人忽然沉下了臉，冷冷道：「你好大的膽子。」

小弟道：「我的膽子一向不小。」

貓一樣的女人道：「你知道我是什麼人？」

小弟道：「你是個女人，很漂亮的女人。」

貓一樣的女人道：「漂亮的女人，都有男人的，你知道我是誰的女人？」

小弟道：「不管你以前是誰的，現在總是我的。」

貓一樣的女人道：「可是……可是我連你的名字都不知道。」

小弟道：「我沒有名字，我……我是個沒爹沒娘的小雜種。」

一提起這件事，他心裡就有一股悲傷恨氣直衝上來，只覺得世上從來也沒有一個人對得起他，他又何必要對得起別人？

貓一樣的女人看著他臉上的表情，臉已紅了，好像又害羞，又害怕，顫聲道：「你心裡在想什麼？是不是想強姦我！」

小弟道：「是。」

他的頭已伸過去，去找她的嘴。

突聽車窗「格」的一響，彷彿有風吹過，等他抬起頭，對面的位子上已坐著一個人，蒼白的臉上，帶著種說不出的悲傷。

小弟長長嘆了口氣，道：「你又來了。」

謝曉峰道：「我又來了。」

車廂很闊大，本來至少可以坐六個人的，可是現在三個人就似已覺得很擠。

小弟道：「我知道你從小就是個風流公子，你的女人多得連數都數不清。」

謝曉峰沒有否認。

小弟忽然跳起來，大聲道：「那麼你爲什麼不讓我也有個女人，難道你要我做一輩子和尚？」

謝曉峰臉上的表情很奇怪，過了很久，才強笑道：「你不必做和尚，可是這個女人不行。」

小弟道：「爲什麼？」

貓一樣的女人忽然嘆了口氣，道：「因爲我是他的。」

小弟的臉色慘白的。

貓一樣的女人已坐過去，輕摸著他的臉，柔聲道：

「幾年不見，你又瘦了，是不是因爲女人太多？還是因爲想我想瘦的？」

謝曉峰沒有動，沒有開口。

小弟握緊雙拳，看著他們，他不開口，也不動。

貓一樣的女人道：「你爲什麼不告訴我，這位小弟弟是什麼人，跟你有什麼關係？」

小弟忽然笑了，大笑。

貓一樣的女人道：「你笑什麼？」

小弟道：「我笑你，我早就知道你是什麼人了，又何必別人來告訴我？」

貓一樣的女人道：「你真的知道我是什麼人？」

小弟道：「你是個婊子。」

他狂笑著撞開車門，跳了出去。

他狂笑，狂奔。

至於謝曉峰是不是還會跟著他？路上的人是不是又要把他當作瘋子？他都不管了。

## 卅一 存心送死

他又奔回剛才那城市，「狀元樓」的金字牌仍舊閃閃發光。

他衝進去，衝上樓。

樓上沒有血，沒有死人，也沒有戰後的痕跡，只有那胖掌櫃還站在樓頭，吃驚的看著他。

曹寒玉和袁家兄弟剛才是根本沒有出手？還是已被打跑了？

小弟也不問，只咧開嘴對那胖掌櫃一笑，道：「吃白食的又來了，把剛才那樣的酒席，再給我照樣開一桌來，錯一樣我就抄了這狀元樓。」

酒席又擺上。

八熱炒四葷四素，先來八個小碟子下酒，還有六品大菜，蝦子烏參，燕窩魚翅，全雞全鴨，一樣都沒有少。

可是小弟這次連一口都沒有吃。他在喝酒。

二十斤一罈的竹葉青，他一口氣就幾乎喝下了半罈子。他幾乎已醉了。

謝曉峰呢？謝曉峰爲什麼沒有來？是不是在陪那婊子？有了那麼樣一個女人陪著，他爲什麼還要來？

小弟又笑了，大笑。

樓外忽然響起一陣「隆隆」的車聲，一行鏢車正從街上走過。

有鏢車，就有鏢旗。

鏢旗是走鏢的護符，也是鏢局的榮譽，這行鏢車上插的是紅旗。

比鮮血還紅的紅旗。

第一輛鏢車上的紅旗迎風招展，正面繡著一個斗大的「鐵」字。

反面繡著一把銀光閃閃的利劍和二十八枝穿雲箭。

這就是紅旗鏢局總鏢頭的令旗，有這面旗在，就表示這趟鏢是威鎮江湖的「鐵騎快劍」親自出馬押送的。

有這面旗在，大江南北的綠林豪傑，縱使不望風遠遁，也沒有人敢伸手來動這趟鏢的。有這面旗在，才有遍佈大江南北一十八地的紅旗鏢局。所以這已不僅是一個人的榮譽，也是十八家鏢局中大小兩千餘的身家生命所繫。無論誰侮辱了這面鏢旗，紅旗鏢局中上上下下兩千餘人都不惜跟他拚命的。

小弟又笑了，大笑，就好像忽然想到了一件極有趣的事。

大笑聲中，他已躍下高樓，衝入鏢車的行列，一拳將前面護旗的鏢師打下馬去，身子凌空一翻，摘下了車上的鏢旗，雙手一拗，竟將這面威震大江南北的銀劍紅旗一下子拗成兩段。

車輪聲，馬蹄聲，趟子手的吆喝聲，一下子忽然全都停頓。

一片烏雲掩住了白日，烏雲裡電光一閃，一個霹靂從半空中打下，震得人耳鼓嗡嗡作響。

可是大家竟似已連這震耳的霹靂聲都聽不見，一個個全都兩眼發直，瞪著車頂上的這個年輕人，和他手裡的兩截斷旗。

沒有人能想得到真的會有這種事發生，沒有人能想得到世上真有這種不要命的瘋子，敢來做這種事。

被一拳打下馬鞍的護旗鏢師，已掙扎著從地上爬起，這人姓張名實，走鏢已有二十年，做事最是老練穩重，二十年來刀頭舐血，出生入死，大風大浪也不知經歷過多少，同行們公送了他一個外號，叫「實心木頭人」。

那並不是說他糊塗呆板，而是說他無論遇上什麼事，都能保持鎮定，沉著應變。可是現在連這實心木頭人也已面如死灰，全身上下抖個不停。

這件事實在是意外，太驚人，發生時大家全都措手不及，事發時每個人都亂了方針，否則小弟就算有天大的本事，也未必能一連得手，就算能僥倖得手，現在也已被亂刀分屍，剁成了肉泥。

看見這些人的臉色神情，小弟也笑不出來，只覺一陣寒意自足底升起，全身都已冰冷僵硬。

又是一聲霹靂連下。震耳的霹靂聲中，彷彿聽見有人說了個「殺」字，接著就是「嗆」的一響，數十把刀劍同時出鞘，這一聲響實在比剛才的霹靂還可怕。

刀光一起，前後左右，四面八方都有人飛奔而來，腳步雖急促，次序卻是絲毫不亂，霎時間已將這輛鏢車圍住。

就憑這種臨危不亂的章法，已可想見紅旗鏢局的盛名，得來並不是僥倖。

張實也漸漸恢復鎮定，護鏢的四十三名鏢師趟子手，都在等著他，只要他一聲令出，就要亂刀齊下，血濺當地。

小弟反而笑了。他並不怕死。他本就找死來的，剛才雖然還有些緊張恐懼，現在心裡反而覺得說不出的輕鬆解脫。

——世上所有的榮辱煩惱，恩怨情仇，現在都已將成過去。

——我是個瘋子也好，是個沒有爹的小雜種也好，也都已沒關係了。

他索性在車頂上坐了下來，大笑道：「你們的刀已出鞘，爲什麼還不過來殺了我？」

這也是大家都想問張實的，在鏢局中，他的資格最老，經歷最豐，總鏢頭不在時，鏢師們都以他馬首是瞻。

張實卻還在猶疑，緩緩道：「要殺你並不難，我們舉手間就可令你化作肉泥，只不過……」

他身旁一個手執喪門劍的鏢師搶著問道：「只不過怎麼樣？」

張實沉吟著道：「我看這個人竟像是存心要來送死的。」

喪門劍道：「那又怎麼樣？」

張實道：「存心送死的人，必有隱情，不可不問清楚，何況，他背後說不定還另有主使的人。」

喪門劍冷笑道：「那麼我們就先廢了他的雙手雙腿再說。」

他的長劍一展，第一個衝了上去，劍光閃動，直刺小弟的環跳穴。

小弟並不怕死，可是臨死前卻不能受人凌辱，忽然飛起一腳，踢飛了他的喪門劍。

這一腳突然而發，來得無影無蹤，正是江南慕容七大絕技中的「飛踢流星腳」，連流星都可踢，其快可知。

可是除了這柄喪門劍，還有二十七把快刀，十五柄利器在等著他。

喪門劍斜斜飛出時，已有三把刀、兩柄劍直刺過來，刺的都是他關節要害。

刀光飛舞，劍光如匹練，突聽「叮」的一響，三把刀、兩柄劍，突然全都斷成兩截，刀頭劍尖憑空掉了下來，兩顆圓圓的東西從車頂上彈起，的溜溜的滾在地上，竟是兩顆珍珠。

車頂上已忽然多了一個人，臉色蒼白，手裡還拈著朵婦人鬢邊插的珠花，眼尖的人已看出上面的珍珠少了五顆。

五件兵刃被擊斷，聲音卻只有一響，這人竟能用小小的五顆珍珠，在一剎那間同時擊斷五件精鋼刀劍。在鏢局裡混飯吃的，都是見多識廣的老江湖了，可是像這樣的功夫，大家非但未聞未見，簡直連想都不敢想像。

又是一聲驚震，大雨傾盆而落。

這個人卻動也不動的站在那裡，臉上也彷彿全無表情。

小弟冷冷的看著他：「你又來了。」

這人道：「我又來了。」

大雨滂沱，密珠般的雨點一粒粒打在他們頭上，沿著面頰流下，他們臉上的表情是悲是喜？是怒是恨？誰也看不出。

大家只看出這個人一定是武功深不可測的絕頂高手，一定和這個折斷鏢旗的少年有密切的關係。

張實先壓住了他的同伴，就連滿心怨氣的喪門劍也不敢輕舉妄動，只問：「朋友尊姓？」

「我姓謝。」

張實的臉色變了，姓謝的高手只有一家：「閣下莫非是從翠雲峰，綠水湖，神劍山莊來的？」

這人道：「是的。」

張實的聲音已顫抖：「閣下莫非就是謝家的三少爺？」

這人道：「我就是謝曉峰。」

謝曉峰！這三個字就像是某種神奇的符咒，聽見了這三個字沒有人敢再動一動。

忽然間，一個人自大雨中飛奔而來，大叫道：「總鏢頭到了，總鏢頭到……」

二十年前，連山十八寨的盜賊群起，氣焰最盛時，忽然出現了一個人，一人一騎，獨闖連山，以一柄銀劍，二十八枝穿雲箭，掃平了連山十八寨，身負的輕重傷痕，大小竟有一十九之多。

可是他還沒有死，居然還有餘力追殺連山群盜中最兇悍的巴天豹，一日一夜馬不停蹄，刺巴天豹的首級於八百里外。這個人就是紅旗鏢局的總鏢頭，「鐵騎快劍」鐵中奇。

聽見他們的總鏢頭到了，四十多位鏢頭和趟子手同時鬆了口氣。他們都相信他們的總鏢頭一定能解決這件事。

謝曉峰心裡在嘆息。他知道這件事是小弟做錯了，可是他不能說，他不願管這件事，可是不能不管。他絕不能眼見著這個孩子死在別人手裡，因爲他在這世上唯一對不起的一個人，就是這孩子。

雨珠如簾。

四個人撐著油布傘，從大雨中慢步走來，最前面的一個人，白布襪，黑布鞋，方方正正的一張臉，竟是在狀元樓上，和曹寒玉同桌的那老實少年。

鐵中奇爲什麼不來？他爲什麼要來？

看見了這年輕人，紅旗鏢局旗下的鏢師和趟子手竟全都彎身行禮，每個人的神色都很恭謹，每個人都對他十分尊敬。

每個人都在恭恭敬敬的招呼他：「總鏢頭。」

難道紅旗鏢局，竟換了這看來有點笨笨的老實人？

紅旗鏢局上下兩千多人，其中多的是昔日也曾縱橫江湖的好手，也曾有過響噹噹的名聲，就憑這麼樣一個老老實實的年輕人，怎麼能服得住那些慓悍不馴的江湖好漢？

這當然有理。

鏢旗被毀，鏢師受辱，就算張實這樣的老江湖，遇上這種事都難免驚惶失措。

可是這少年居然還能從從容容的慢步而來，一張方方正正的臉上，居然連一點驚惶憤怒的神色都沒有，這種喜怒不形於色的修養和鎮定，本不是一個二十左右的年輕人所能做到的。

大雨如注，泥水滿街。

這少年慢慢的走過來，一雙白底黑布鞋上，居然只有鞋尖沾了點泥水，若沒有絕頂高明的輕功，深不可測的城府，怎麼能做得到？

易。

謝曉峰的心沉了下去。他已發現這少年可能比鐵中奇難對付，要解決這件事很不容易。

這少年卻連看都沒有看他一眼。他明知鏢旗被毀，明知折旗的人就在眼前，竟好像完全不知道，完全看不見，手撐著油布傘慢慢的走過來，只淡淡的問道：「今天護旗的鏢師是哪一位？」張實立刻越眾而出，躬身道：「是我。」

這少年道：「你今年已有多大年紀？」

張實道：「我是屬牛的，今年整整五十。」

這少年道：「你在鏢局中已做了多少年？」

張實道：「自從老鏢頭創立這鏢局時，我就已在了。」

這少年道：「那已有二十六年。」

張實道：「是，是二十六年。」

這少年嘆了口氣，道：「先父脾氣剛烈，你能跟他二十六年，也算很不容易。」

張實垂下頭，臉上露出悲傷之色，久久說不出話來。

聽到這裡，小弟也已聽出他們說的那位老鏢師，無疑就是創立紅旗鏢局的「鐵騎快劍」鐵中奇，這少年稱他爲「先父」，當然就是他的兒子。

父死子繼，所以這少年年紀雖輕，就已接掌了紅旗鏢局，鐵老鏢頭的餘威仍在，大家也不能對他不服。奇怪的是，此時此刻，他們怎麼會忽然敘起家常來，對鏢旗被毀、鏢師受辱的事，反而一字不提。

謝曉峰卻已聽出這少年問的這幾句家常話裡，實在別有深意。

張實的悲傷，看來並不是爲了追悼鐵老鏢頭的恩愛，而是在爲自己的失職悔恨愧疚。

這少年嘆息著，忽又問道：「你是不是在三十九歲那年娶親的？」

張實道：「是。」

這少年道：「聽說你的妻子溫柔賢慧，還會燒一手好菜。」

張實道：「幾樣普通家常菜，她倒還能燒得可口。」

這少年道：「她爲你生了幾個孩子？」

張實道：「三個孩子，兩男一女。」

這少年道：「有這樣一位賢妻良母管教，你的孩子日後想必都會安守本份的。」

張實道：「但願如此。」

這少年道：「先父去世時，家母總覺得身邊缺少一個得力的人陪伴，你若不反對，不妨叫你的妻子到內宅去陪伴她老人家。」

張實忽然跪下去，「砰，砰，砰」磕了三個響頭，對這少年的安排彷彿感激已極。

這少年也不攔阻，等他磕完了頭，才問道：「你還有什麼心願？」

張實道：「沒有了。」

這少年看著他，又嘆了口氣，揮手道：「你去吧。」

張實道：「是。」

這個字說出口，忽然有一片血沫飛濺而出，張實的人已倒下，手裡的一柄劍，已割斷了他自己的咽喉。

小弟的手足冰冷。直到此刻，他才明白這少年為什麼要問張實那些家常話。

紅旗鏢局的紀律之嚴，天下皆知，張實護旗失職，本當嚴懲。

可是這少年輕描淡寫幾句話，就能要一個已在鏢局中辛苦了二十六年的老人立刻橫劍自刎，而且還心甘情願，滿懷感激。

這少年心計之深沉，手段之高明，作風之冷酷，實在令人難以想像。

地上的鮮血，轉眼間就已被大雨沖淨，鏢師臉上那種畏懼之色，卻是無論多大的雨都沖不掉的。對他們這位年輕的總鏢頭，每個人心裡都顯然畏懼已極。

這少年臉上居然還是全無表情，又淡淡的說道：「胡鏢頭在哪裡？」

他身後一個人始終低垂著頭，用油布傘擋住臉，聽見了這句話，立刻跪下來，五體投地，伏在血水中，道：「胡非。」

這少年也不回頭看他一眼，又問道：「你在鏢局已作了多久？」

胡非道：「還不到十年。」

這少年道：「你的月俸是多少兩銀子？」

胡非道：「按規矩應該是二十四兩，承蒙總鏢頭恩賞，每個月又加了六兩。」

這少年道：「你身上穿的這套衣服加上腰帶靴帽，一共值多少。」

胡非道：「十……十二兩。」

這少年道：「你在西城後面那棟宅子，每個月要多少開銷？」

胡非的臉已扭曲，雨水和冷汗同時滾落，連聲音都已嘶啞。

這少年道：「我知道你是個很講究飲食的人，連家裡用的廚子，都是無價從狀元樓搶去的，一個月沒有二、三百兩銀子，只怕很難過得去。」

胡非道：「那……那都是別人拿出來的，我連一兩都不必負擔。」

這少年笑了笑，道：「看來你的本事倒不小，居然能讓人每個月拿幾百兩銀子出來，讓你享受，只不過……」

他的笑容漸漸消失：「江湖中的朋友們，又怎麼會知道你有這麼大的本事，看見紅旗鏢局裡的一個鏢師，就有這麼大的排場，心裡一定會奇怪，紅旗鏢局爲什麼如此闊氣，是不是在暗中與綠林豪傑們有些勾結，賺了些不明不白的銀子。」

胡非已聽得全身發抖，以頭頓地，道：「以後絕不會再有這種事了。」

這少年道：「爲什麼？是不是因爲替你出錢的那個人，已給別人奪走？」

胡非滿面流血，既不敢承認，又不敢否認，這少年道：「有人替你出錢，讓你享受，本是件好事，鏢局也管不了你，可是你居然眼睜睜的看著你的人被奪走，連仇都不敢報，那豈非長了他人的威風，滅了我們鏢局的志氣？」

胡非眼睛亮了，立刻大聲道：「那小子也就是毀了我們鏢旗的人。」

這少年道：「那你爲什麼還不過去殺了他！」

胡非道：「是。」

他早就想出這口氣了，現在有總鏢頭替他撐腰，他還怕什麼，反手拔出了腰刀，身子躍起。

忽然間，劍光一閃，一柄劍斜斜刺來，好像並不太快。可是等到他閃避時，這柄劍已從他左脅刺入，咽喉穿出，鮮血飛濺，化作了滿天血雨。

他甚至沒看見這一劍是誰刺出來的。

可是別人都看見了。胡非的人剛躍起，這少年忽然反手抽出了身後一個人的佩劍，隨隨便便一劍刺出，連頭都沒有回過去看一眼。

這一劍時間算得分毫不差，出手的部位更是巧妙絕倫。但是真正可怕的，並不是這一劍，而是他出手的冷酷無情。

小弟忽又笑了，大笑道：「你殺你自己屬下的人，難道還能教我害怕不成？就算你將紅旗鏢局上上下下兩千多人全都殺得乾乾淨淨，也跟我沒有半點關係。」

這少年根本不理他，直到現在都沒有看過他一眼，就好像根本不知道鏢旗是被他折毀的，又問道：「謝曉峰謝大俠是不是也來了？」

一直站在他身後，爲他撐著油布傘的鏢師立刻回答：「是。」

這少年道：「哪一位是謝大俠？」

鏢師道：「就是站在車頂上的那一位。」

這少年道：「不對。」

鏢師道：「不對？」

這少年道：「以謝大俠的身分地位，若是到了這裡，遇見了這種事，早該仗義執言，評定是非，怎麼一直不聲不響的站在那裡？謝大俠豈又是這種幸災樂禍，隔岸觀火的人？」

謝曉峰忽然笑了笑，道：「罵得好。」

鏢車遠在四丈外，中間還隔著十七、八個人，可是等他說完了這三個字，他的人忽然就已到了這少年眼前，只要一伸手，就可以拍上他的肩。

這少年臉色雖然變了變，但立刻就恢復鎮定，腳下居然沒有後退半步。

謝曉峰道：「總鏢頭也姓鐵？」

這少年道：「在下鐵開誠。」

謝曉峰道：「我就是謝曉峰。」

鏢師們雖然明知這個人武功深不可測，雖然明知謝曉峰也到了這裡，可是聽他親口說出這三個字來，還是不禁聳然動容。

## 卅二　胸有成竹

鐵開誠躬身道：「先父在世時，晚輩就常聽他老人家說起，謝大俠一劍縱橫，天下無敵。」

謝曉峰道：「你的劍法也不錯。」

鐵開誠道：「不敢。」

謝曉峰道：「能殺人的劍法，就是好劍法。」

鐵開誠道：「可是晚輩殺人，並不是要以殺人立威，更不是以殺人爲快。」

謝曉峰道：「你殺人通常都是爲了什麼？」

鐵開誠道：「爲了先父開創鏢局時，就教我們人人都一定要記住的六個字。」

謝曉峰道：「六個字？」

鐵開誠道：「責任、紀律、榮譽。」

謝曉峰道：「好，果然是光明磊落，堂堂正正，難怪紅旗鏢局的威名，二十六年來始終不墜。」

鐵開誠躬身謝過，才肅容道：「先父常教訓我們，要以鏢局爲業，就得要時刻將這六個字牢記在心，否則又與盜賊何異？」

他的神情更嚴肅：「所以無論誰犯了這六個字，殺無赦！」

謝曉峰道：「好一個殺無赦！」

鐵開誠道：「張實疏忽大意，護旗失責，胡非自甘墮落，操守失律，所以他們雖是先父的舊人，晚輩也不能枉法徇私。」

他目光灼灼，逼視著謝曉峰：「神劍山莊威重天下，當然也有他的家法。」

謝曉峰不能否認。

鐵開誠道：「神劍山莊的門人子弟，如是犯了家法，是否也有罪？」

謝曉峰更不能否認。

鐵開誠道：「無論哪一家的門規家法，是否都不容弟子忽視江湖道義，破壞武林規矩？」

他的目光如刀，比刀鋒更利：「鬧市縱酒，無故尋事，不但傷了人，還折毀了鏢局中譽鑒復命所繫的鏢旗，這算不算破壞了江湖規矩？」

謝曉峰的回答簡單而直接：「算的。」

鐵開誠目中第二次露出驚訝之色，他手裡已有了個打好了的繩圈，正準備套上小弟的脖子，謝曉峰應該明白他的意思，爲什麼不將小弟的脖子擋住？不管怎麼樣，這機會都絕不能錯，他立刻追問：「不顧江湖道義，無故破壞江湖規矩，這種人犯的是什麼罪？」

謝曉峰的回答更乾脆：「死罪。」

鐵開誠閉上了嘴。

現在繩圈已套上小弟脖子，他也已明白謝曉峰的意思。

小弟的生命雖重，神劍山莊的威信更重，若是兩者只能選擇其一，他只有犧牲小弟。

現在張實和胡非都已伏罪而死，小弟當然也必死無赦。

紅旗鏢局的鏢師們，無一不是目光如炬的老江湖，當然也都看出這一點，每個人的手又都握緊刀柄，準備撲上去。

鐵開誠卻又揮了揮手，道：「退下去，全都退下去。」

沒有人明白他爲什麼要這樣做，可是也沒有人敢違抗他的命令。

鐵開誠淡淡道：「罪名是謝大俠自己定下來的，有謝大俠在，還用得著你們出手？」

小弟忽然大聲道：「誰都用不著出手！」

他盯著謝曉峰，忽又大笑，道：「謝曉峰果然不愧是謝曉峰，果然把我照顧得很好，我心裡實在感激得很。」

他大笑著躍下車頂，衝入人群，只聽「喀叱」一響，一名鏢師的手臂已被拗斷，當中的劍已到了他手裡，他連看也不再去看謝曉峰一眼，劍鋒一轉，就往自己咽喉抹了過去。

謝曉峰蒼白的臉上全無表情，全身上下好像連一點動靜都沒有，大家只聽見「嗤」的一聲，「格」的一響，小弟手裡已只剩下個劍柄，三尺的劍鋒，已憑空折斷，一樣東西隨著劍鋒落下，赫然又是一粒明珠。

謝曉峰手裡珠花上的明珠又少了一顆。

小弟的手雖然握住了劍柄，整個人卻被震退了兩步。

他身後的三名鏢手對望一眼，兩柄刀、一柄劍，同時閃電般擊出。

這三人與那手臂折斷的鏢師交情最好，本就同仇敵愾，現在謝曉峰既然又出了手，也就不算違抗總鏢頭的命令了。

三人一起擊出，自然都是致命的殺手。

只聽謝曉峰指尖又是「嗤」的一響，接著「格」的一聲，兩柄刀、一柄劍，立刻又同時折斷，三個人竟同時被震退五步，連刀柄都握不住。

鐵開誠沉下了臉，冷冷道：「好強的力道，好俊的功夫！」

謝曉峰沉默。

鐵開誠冷笑道：「謝大俠武功之高，原是江湖中人人都知道的，謝大俠的言而無信，江湖中只怕沒有幾個人知道了。」

謝曉峰道：「我言而無信？」

鐵開誠道：「剛才是誰訂的罪？」

謝曉峰道：「是我。」

鐵開誠道：「訂的是什麼罪？」

謝曉峰道：「死罪。」

鐵開誠道：「既然訂了他的死罪，爲什麼又出手救他？」

謝曉峰道：「我只訂了一個人的罪，有罪的卻不是他。」

鐵開誠道：「不是他是誰？」

謝曉峰道：「是我。」

鐵開誠目中第三次露出驚訝之色，問道：「爲什麼是你？」

謝曉峰道：「因爲那些不顧江湖道義，破壞江湖規矩的事，都是我教他做的。」

他眼睛又露出了那種說不出的痛苦和悲傷，慢慢的接著道：「若不是我，他絕不會做出這種事，我服罪當誅，卻絕不能讓他爲我而死。」

鐵開誠看著他，瞳孔漸漸收縮，忽然仰面長嘆，道：「狀元樓頭，你以一根牙筷，破了曹寒玉的武當劍法，你的劍法之高，實在是當世無雙。」

直到現在，小弟才知道狀元樓上那一戰是誰勝誰負。

他雖然還是連看都不看他一眼，心裡卻忽然在後悔了，只恨自己當時沒有留下來，看一看謝家三少爺以牙筷破劍的威風。

鐵開誠又道：「當時袁家兄弟就看出了，就算他們雙劍合璧，也絕不是你的對手，所以才知難而退，在下兩眼不瞎，當然也看得出來，若非逼不得已，實在不願與你交手。」

謝曉峰道：「很好。」

鐵開誠道：「可是現在你既然這麼說，想必已準備在劍法上一較生死勝負。」

他冷笑，接著道：「江湖中的道理，本來就是要在刀頭劍鋒上才能講得清楚的，否則大家又何必苦練武功？武功高明的人，無理也變成了有理，那本就算不得什麼。」

謝曉峰凝視著他，過了很久，忽然長嘆，道：「你錯了。」

鐵開誠道：「錯在哪裡？」

謝曉峰道：「我既已服罪，當然就用不著你來出手。」

鐵開誠雖然一向自負，能喜怒不形於色，此刻臉上也不禁露出驚訝之色。江湖中替人受過，爲朋友兩脅插刀的事，他也不是沒有見過，可是以謝曉峰的身分武功，又何苦如此輕賤自己的性命？

謝曉峰已走過去，拍了拍小弟的肩，道：「這裡已沒有你的事了，你走吧。」

小弟沒有動，沒有回頭。

謝曉峰道：「我一直沒有好好照顧你，你小時一定受盡別人侮辱恥笑，我只希望你能好好做人，酒色兩字，最好……」

他下面在說什麼，小弟已聽不見。

想到自己童年時的遭遇，想到娃娃擁抱著他的情況，小弟只覺得一股怒氣直衝上來，忽然大聲道：「好，我走，這是你要跟著我的，我本就不欠你什麼！」

他說走就走，也不回頭。沒有人阻攔他，每個人的眼睛都在盯著謝曉峰。

大雨如注，沿著他濕透了的頭髮滾滾流落，流過他的眼睛，就再也分不清那究竟是雨水？還是淚水？

他動也不動的站在那裡，就好像天地間已只剩下他一個人。也不知過了多久，他才轉身，面對鐵開誠。

鐵開誠沒有開口，也不必再開口。有謝家的三少爺抵罪，紅旗鏢局上上下下，還有誰能說什麼？

謝曉峰卻忽然問了句很奇怪的話：「據說鐵老鏢頭近年一直很少在江湖走動，爲的就是要自己教導你。」

鐵開誠慢慢的點了點頭，黯然道：「不幸他老人家已在兩個月前去世了。」

謝曉峰道：「但是你畢竟已經成器。」

鐵開誠道：「那只因爲他老人家的教訓，晚輩時刻不敢忘記。」

謝曉峰也慢慢的點了點頭，喃喃道：「很好，很好，很好……」

他將這兩個字也不知說了多少遍，聲音愈說愈低，頭也愈垂愈低。

他的手卻已握緊。

長街上擠滿了人，有的是紅旗鏢局屬下，也有的不是，每個人都看得出這位天下無雙的名俠，心裡充滿了內疚和愧恨，已準備用自己的鮮血來洗清。

就在這時，人叢中忽然有人大喊：「謝曉峰，你錯了，該死的是鐵開誠，不是你，因爲……」

說到這裡，聲音突然停頓，就像是突然被快刀刃割斷。一個人從人叢中衝出來，雙睛凸出，瞪著鐵開誠彷彿想說什麼。他連一個字都沒有再說出來，人已倒下，後背赫然插著柄尖刀，已直沒至柄。

可是另一邊的人叢中卻有人替他說了下去：「因紅旗鏢局的令旗，早就已被他沾辱了，早已變得不值一文，他……」

說到這裡，聲音又被割斷，又有一個人血淋淋的衝出來倒地而死。

可是世上居然真有不怕死的人，死並沒有嚇住他們。

西面又有人嘶聲大喊：「他外表忠厚，內藏奸詐，非但鐵老鏢頭死得不明不白，而且……」

這人一面大喊，一面已奔出人叢，忽然間，刀光一閃，穿出入他的咽喉。

北面立刻又有人替他接著說了下去：「而且西城後那藏嬌的金屋，也是他買下的，只因老鏢頭新喪，他不能不避些嫌疑，最近很少去那裡，才被胡非乘虛而入。」

這次說話的人顯然武功較高，已避開了兩次暗算，竄上了屋脊，又接著道：「剛才胡非生怕被他殺了滅口，所以才不敢說，想不到他不說也難逃一死！」

他一面說，一面向後退，說到「死」時，屋脊後突然有一道劍光飛出，從他的後頸刺入，咽喉穿出，鮮血飛濺出，這人骨碌碌從屋頂上滾了下來，落在街心。

長街一片死寂。

片刻間就已有四個人血濺長街，已令人心驚膽裂，何況他們死得又如此悲壯，如此慘烈。

鐵開誠卻還是神色不變，冷冷道：「鐵義。」

一個健壯高大的鏢師越眾而出，躬身道：「在。」

鐵開誠道：「去查一查這四個人是誰主使的，竟敢到這裡來顛倒黑白，血口噴人。」

鐵義道：「是。」

謝曉峰道：「他們若真是血口噴人，你何必殺人滅口？」

鐵開誠冷笑道：「你看見了殺人的是誰？」

謝曉峰忽然躍起，竄入人叢，只見他身形四起四落，就有四個人從人叢中飛出來，「砰」的一聲，重重落在街心，穿著打扮，正是紅旗鏢局的鏢師。

鐵開誠居然還是神色不變，道：「鐵義。」

鐵義道：「在。」

鐵開誠道：「你再去查一查，這四人是什麼來歷，身上穿的衣服是從哪裡來的。」

他們穿的這種緊身衣，並不是什麼稀奇珍貴之物，紅旗鏢局的鏢頭穿得，別人也一樣穿得。

鐵義口中道：「是。」卻連動都不動。

鐵開誠道：「你爲什麼還不去？」

鐵義臉上忽然露出很奇怪的表情，忽然咬了咬牙，大聲道：「我用不著去查，因爲這些衣服都是我買的，謝大俠手裡的這朵珠花，也是我買的。」

鐵開誠的臉色驟然變了，他當然知道謝曉峰手上這朵珠花是從哪裡來的。

謝曉峰當然也知道。

他從那貓一樣的女人頭上，摘下了這朵珠花，當作傷人的暗器。

鐵義大聲道：「總鏢頭給了我三百兩銀票，叫我到天寶號去買了這朵珠花和一雙鐲子，剩下的二十多兩還給了我。」

「鐵開誠買的珠花，怎麼會到了那貓一樣女人的頭上？」

謝曉峰忽然一把提起鐵義，就好像提著個紙人一樣，斜飛四丈，掠上屋頂。

只聽急風驟響，十餘道寒光堪堪從他們足底擦過，謝曉峰出手若是慢了一步，鐵義也已被殺了滅口。

但是這屋上也不安全，他的腳還未站穩，屋脊後又有一道劍光飛出。

直刺謝曉峰咽喉。

劍光如驚虹，如匹練，刺出這一劍的，無疑是位高手，使用的必定是把好劍。

現在他們想殺的人，已不是鐵義，而是謝曉峰。

謝曉峰左手挾住一個人，右手拈著珠花，眼看這一劍已將刺入他咽喉。

他的右手忽然抬起，以珠花的柄，托起了劍鋒，只聽「波」的一聲，一顆珍珠彈起，飛起兩尺，接著又是一顆珍珠彈起，去勢更快，兩粒珍珠凌空一撞，第一粒珍珠斜飛向左，直打使劍的黑衣人右腮。

這人一偏頭就閃了過去，卻想不到第二顆珍珠竟是下墜之勢，已打在他持劍的手臂曲池穴上，長劍落下時，謝曉峰的人已去遠了。

雨絲如重簾，眨眼間連他的人影都已看不見。

鐵開誠站在油布傘下，非但完全不動神色，身子也紋風不動。

一直站在他身後，爲他撐著傘的鏢師，忽然壓低聲音道：「追不追？」

鐵開誠冷冷道：「追不上又何必去追？」

這鏢師道：「可是這件事不解釋清楚，只怕再難服眾。」

鐵開誠冷笑，道：「若有人不服，殺無赦！」

雨勢不停，天色漸暗。

小小的土地廟裡陰森而潮濕，鐵義伏在地上不停的喘息嘔吐。

等他能開口說話時，就立刻說出了他所知道之事。

「被暗算死的那四個人，全都是老鏢頭的舊部，最後在屋頂上被刺殺的是鏢師，其餘的三個都是老鏢頭貼身的人。」

「兩個月以前，有一天雷電交作，雨下得比今天更大。」

「那天晚上，老鏢頭彷彿有些心事，吃飯時多喝了兩杯酒，很早就去睡了，第二天早上，我就聽到了他老人家暴斃的消息。」

「老年人酒後病發，本不是什麼奇怪的事，可是當天晚上在後院裡當值班的人，卻聽見了老鏢頭房裡有人在爭吵，其中一個竟是鐵開誠的聲音。」

「鐵開誠雖是老鏢頭收養的義子，可是老鏢頭對他一向比嫡親的兒子還好，他平時倒也還能克盡孝道，那天他居然敢逆離犯上，和老鏢頭爭吵起來，已經是怪事。」

「何況，老鏢頭的死因，若真是酒後病發，臨死前哪裡還有與人爭吵的力氣？」

「更奇怪的是，從那一天晚上一直到發喪時，鐵開誠都不准別人接近老鏢頭的屍體，連屍衣都是鐵開誠自己動手替他老人家穿上的。」

「所以大家都認爲其中必定另有隱情，只不過誰也不敢說出來。」

聽到這裡，謝曉峰才問：「當天晚上在後院當值的，就是那四個人？」

鐵義道：「就是他們。」

謝曉峰道：「老鏢頭的夫人呢？」

鐵義道：「他們多年前就已分房而眠了。」

謝曉峰道：「別的人都沒有聽見他們爭吵的聲音？」

鐵義道：「那天晚上雷雨太大，除了當值的那四個人責任在身，不敢疏忽外，其餘的人都喝了點酒，而且睡得很早。」

謝曉峰道：「出事之後，鏢局裡既然有那麼多閒話，鐵開誠當然也會聽到一些，當然也知道這些話是哪裡傳出來的。」

鐵義道：「當然。」

謝曉峰道：「他對那四個人，難道一直都沒有什麼舉動？」

鐵義道：「這件事本無證據，他若忽然對他們有所舉動，豈非反而更惹人疑心，他年紀雖不大，城府卻極深，當然不會輕舉妄動，可是大殮後還不到三天，他就另外找了個理由，將他們四個人逐出了鏢局。」

謝曉峰道：「他找的是什麼理由？」

鐵義道：「服喪期中，酒醉滋事。」

謝曉峰道：「是不是真有其事？」

鐵義道：「他們身受老鏢頭的大恩，心裡又有冤屈難訴，多喝了點酒，也是難免的。」

謝曉峰道：「他爲什麼不藉這個緣故，索性將他們殺了滅口？」

鐵義道：「因爲他不願自己動手，等他們一出鏢局，他就找了個人在暗中去追殺他們。」

謝曉峰道：「他找的人是誰？」

鐵義道：「是我。」

謝曉峰道：「但是你卻不忍下手？」

鐵義黯然道：「我實在不忍，只拿了他們四件血衣回去交差。」

謝曉峰道：「他叫你去買珠花，送給他的外室，又叫你去替他殺人滅口，當然已把你當作他的心腹親信。」

鐵義道：「我本是他的書童，從小就跟他一起長大的，可是……」

他的臉在扭曲：「可是老鏢頭一生俠義，待我也不薄，我……我實在不忍眼見著他冤沉海底，本來我也不敢背叛鐵開誠的，可是我眼看著他們四個人，死得那麼悲壯慘烈，我……我實在……」

他哽咽的聲音，忽然跪下去，「咚、咚、咚」磕了三個響頭：「他們今天敢挺身而出，直揭鐵開誠的罪狀，就因爲他們看見了謝大俠，知道謝大俠絕不會讓他們就這麼不明不白的含冤而死，只要謝大俠肯仗義出手，我……我一死也不足惜。」

他以頭撞地，滿面流血，忽然從靴筒裡拔出把尖刀，反手刺自己的心口。

可是這刀忽然間就已到了謝曉峰手裡。

謝曉峰凝視著他，道：「不管我是不是答應你，你都不必死的。」

鐵義道：「我……我只怕謝大俠還信不過我的話，只有以一死來表明心跡。」

謝曉峰道：「我相信你。」

# 卅三 血洗紅旗

陰森的廟宇，沉默的神祇，無論聽見多悲慘的事，都不會開口的。

可是冥冥中卻自然有雙眼睛，在冷冷的觀察著人世間的悲傷和罪惡，真誠和虛假，祂自己雖然不開口，也不出手，卻自然會借一個人的手，來執行祂的力量和法律。這個人，當然是個公正而聰明的人，這雙手當然是雙強而有力的手。

鐵義忽然又道：「可是謝大俠也一定要特別小心，鐵開誠絕不是個容易對付的人，他的劍遠比老鏢頭昔年全盛時更快、更可怕。」

謝曉峰道：「他的武功，難道不是鐵老鏢頭傳授的？」

鐵義道：「大部份都是，只不過他的劍法，又比老鏢頭多出了十三招。」

他目中露出恐懼之色：「據說這十三招劍法之毒辣鋒利，世上至今還沒有人能招架抵擋。」

謝曉峰道：「你知道這十三招劍法是什麼人傳授給他的？」

鐵義道：「我知道。」

謝曉峰道：「是誰？」

鐵義道：「燕十三。」

黃昏，雨停。

夕陽下現出一彎彩虹，在暴雨之後，看來更是說不出的寧靜美麗。

故老相傳，彩虹出現時，總會爲人間帶來幸福和平。可是夕陽爲什麼仍然紅如血？

鏢旗也依舊紅如血。

十三面鏢旗，十三輛車，車已停下，停在一家客棧的後院裡。

鐵開誠站在淌水的屋簷下，看著車上的鏢旗，忽然道：

「折下來。」

鏢師們遲疑著，沒有人敢動手。

鐵開誠道：「有人毀了我們一面鏢旗，就等於將我們千千萬萬面鏢旗全都毀了，此仇不報，此辱不洗，江湖中就再也看不見我們的鏢旗。」

他的臉還是全無表情，聲音裡卻充滿決心。他說的話，仍然是命令。

十三個人走過去，十三雙手同時去拔鏢旗，鏢旗還沒有拔下，十三雙手忽然在半空中停頓，十三雙眼睛，同時看見了一個人。

一個特立獨行，與眾不同的人，你不讓他走時，他偏要走，你想不到他會來的時候，他卻偏偏來了。

這個人的髮髻早已亂了，被大雨淋濕的衣裳還沒有乾，看來顯得狼狽而疲倦。可是沒有人注意到他的頭髮和衣服，也沒有人覺得他狼狽疲倦，因爲這個人就是謝曉峰。

鐵義是個魁偉健壯的年輕人，濃眉大眼，英氣勃發，可是站在這個人身後，就是像皓月下的秋螢，陽光下的燭火。因爲這個人就是謝曉峰。

鐵開誠看著他走進來，看著他走到面前：「你又來了。」

謝曉峰道：「你應該知道我一定會來的。」

鐵開誠道：「因爲你一定聽了很多話。」

謝曉峰道：「是。」

鐵開誠道：「是非曲直，你當然一定已分得很清楚。」

謝曉峰道：「是。」

鐵開誠道：「你掌中無劍？」

謝曉峰道：「是。」

鐵開誠道：「劍在你心裡？」

謝曉峰道：「心中是不是有劍，至少你總該看得出。」

鐵開誠盯著他，緩緩道：「心中若有劍，殺氣在眉睫。」

謝曉峰道：「是。」

鐵開誠道：「你的掌中無劍，心中亦無劍，你的劍在哪裡？」

謝曉峰道：「在你手裡。」

鐵開誠道：「我的劍就是你的劍？」

謝曉峰道：「是。」

鐵開誠忽然拔劍。

他自己沒有佩劍，新遭父喪的孝子，身上絕不能有兇器。可是經常隨從在他身後的人，卻都有佩劍，劍的形狀真樸實，有經驗的人卻一眼就可以看出每柄劍都是利器。

這一劍並沒有刺向謝曉峰。每個人都看見劍光一閃，彷彿已脫手而出，可是劍仍在鐵開誠手裡，只不過劍鋒已倒轉，對著他自己。

他用兩根手指捏著劍尖，慢慢的將劍柄送了過去，送向謝曉峰。

每個人的心都提了起來，掌心都捏了把冷汗。他這麼做簡直是在自殺。只要謝曉峰的手握住劍柄向前一送，有誰能閃避，有誰能擋得住？

謝曉峰盯著他，終於慢慢的伸出手柄劍。鐵開誠的手指放鬆，手垂落。

兩個人互相凝視著，眼睛裡都帶著很奇怪的表情。

忽然間，劍光又一閃，輕雲如春風吹過大地，迅急如閃，凌空下擊。沒有人能避開這一劍，鐵開誠也沒有閃避。可是這一劍並沒有刺向他，劍光一閃，忽然已到了鐵義的咽喉。鐵義的臉色變了，每個人的臉色都變了。

只有鐵開誠仍然聲色不動，這驚人的變化竟似早就在他意料之中。

鐵義的喉結上下滾動，過了很久，才能發得出聲音。

聲音嘶啞而顫抖：「謝大俠，你……你這是什麼意思？」

謝曉峰道：「你不懂？」

鐵義道：「我不懂。」

謝曉峰道：「那麼你就未免太糊塗了些。」

鐵義道：「我本來就是個糊塗人。」

謝曉峰道：「糊塗人爲什麼偏偏要說謊？」

鐵義道：「誰……誰說了謊？」

謝曉峰道：「你編了個很好的故事，也演了很動人的一齣戲，戲裡的每個角色都配合得很好，情節也很緊湊，只可惜其中還有一兩點漏洞。」

鐵義道：「漏洞？什麼漏洞？」

謝曉峰道：「鐵老鏢頭發喪三天之後，鐵開誠就將那四個人逐出了鏢局？再命你去暗中追殺？」

鐵義道：「不錯。」

謝曉峰道：「可是你不忍下手，只拿了四件血衣回去交差？」

鐵義道：「不錯。」

謝曉峰道：「鐵開誠就相信了你？」

鐵義道：「他一向相信我。」

謝曉峰道：「可是被你殺了的那四個人，今天卻忽然復活了，鐵開誠親眼看見了他們，居然還同樣相信你，還叫你去追查他們的來歷，難道他是個呆子？可是他看來爲什麼又偏偏不像？」

鐵義說不出話了，滿頭汗落如雨。

謝曉峰嘆了口氣：「你若想要我替你除去鐵開誠，若想要我們鷸蚌相爭，讓你漁翁得利，你就該編個更好一點的故事，至少也該弄清楚，那麼樣一朵珠花，絕不是三百兩銀子能買得到的。」

他忽然倒轉劍鋒，用兩根手指夾住劍尖，將這柄劍交給了鐵義。

然後他就轉身，面對鐵開誠，淡淡道：「現在這個人已是你的。」

他再也不看鐵義一眼，鐵義卻在盯著他，盯著他的後腦和脖子，眼睛裡忽然露出殺機，忽然一劍向他刺了過去。

謝曉峰既沒有回頭，也沒有閃避，只見眼前劍光一閃，從他的脖子旁飛過，刺入了鐵義的咽喉，餘力猶未盡，竟將他的人又帶出七、八尺，活生生的釘在一輛鏢車上。

車上的紅旗猶在迎風招展。

這時夕陽卻已漸漸黯淡，那一彎彩虹也已消失。

院子有人挑起了燈，紅燈。燈光將鐵開誠蒼白的臉都照紅了。

謝曉峰看著他，道：「你早就知道我一定會再來的。」

鐵開誠承認。

謝曉峰道：「因爲我聽了很多話，你相信我一定可以聽出其中的破綻。」

鐵開誠道：「因爲你是謝曉峰。」

他臉上還是全無表情，可是說到「謝曉峰」這三個字時，聲音裡充滿了尊敬。

謝曉峰眼中露出笑意，道：「你是不是準備請我喝兩杯？」

鐵開誠道：「我一向滴酒不沾。」

謝曉峰嘆了口氣，道：「獨飲無趣，看來我只好走了。」

鐵開誠道：「現在你還不能走。」

謝曉峰道：「爲什麼？」

鐵開誠道：「你還得留下兩樣東西。」

謝曉峰道：「你要我留下午麼？」

鐵開誠道：「留下那朵珠花。」

謝曉峰道：「珠花？」

鐵開誠道：「那是我用三百兩銀子買來送給別人的，不能送給你。」

謝曉峰的瞳孔收縮，道：「真是你買的？真是你叫鐵義去買的？」

鐵開誠道：「絲毫不假。」

謝曉峰道：「可是那麼樣一朵珠花，價值最少已在八百兩以上，三百兩怎能買得到？」

鐵開誠道：「天寶號的掌櫃，本是紅旗鏢局的賬房，所以價錢算得特別便宜，何況珠寶一業，利潤最厚，他以這價錢賣給我，也沒有虧本！」

謝曉峰的心沉了下去，卻有一股寒氣自足底升起。

——難道我錯怪了鐵義？

——鐵開誠要他去追查那四人的來歷，難道也是個圈套？

他忽然發現自己的判斷實在缺少強而有力的證據，冷汗已濕透了背脊。

鐵開誠道：「除了珠花外，你還得留下你的血，來洗我的鏢旗。」

他一字字接道：「鏢旗被毀，這恥辱只有用血才能洗得清，不是你的血，就是我的！」

冷風肅殺，天地間忽然充滿殺機。

謝曉峰終於長長嘆了口氣，道：「你是個聰明人，實在很聰明。」

鐵開誠道：「聰明人一文錢可以買一堆。」

謝曉峰道：「我本不想殺你。」

鐵開誠道：「我卻非殺你不可。」

謝曉峰盯著他，道：「有件事我也非問清楚不可。」

鐵開誠道：「什麼事？」

謝曉峰道：「鐵中奇老鏢頭，是不是你的親生父親？」

鐵開誠道：「不是。」

謝曉峰道：「他究竟是怎麼死的！」

鐵開誠若石般的臉忽然扭曲，厲聲道：「不管他老人家是怎麼死的，都跟你全無干係！」

他忽又拔劍，拔出了兩柄劍，反手插在地上，劍鋒入土，直沒劍柄。

用黑綢纏住的劍柄，古拙而樸實。

鐵開誠道：「這兩柄雖然是在同一爐中煉出來的，卻有輕重之分。」

謝曉峰道：「你慣用的是哪一柄！」

鐵開誠道：「這一爐煉出的劍有七柄，七柄劍我都用得很乘手，這一點我已佔了便宜。」

謝曉峰道：「無妨。」

鐵開誠道：「我的劍法雖然以快得勝，可是高手相爭，還是以重爲強。」

謝曉峰道：「我明白。」

他當然明白。以他們的功力，再重的劍到了他們手裡，也同樣可以揮灑自如。可是兩柄大小長短同樣的劍，若有一柄較重，這柄劍的劍質當然就比較好些。

劍質若是重了一分，就助長了一分功力，高手相爭，卻是半分都差錯不得的。

鐵開誠道：「我既不願將較重的一柄劍給你，也不願再佔你這個便宜，只有大家各憑自己的運氣。」

謝曉峰看著他，心裡又在問自己。

——這少年究竟是個什麼樣的人？在天下無敵謝曉峰面前，他都不肯佔半分便宜，像這樣驕傲的人，怎麼會做出那種奸險惡毒的事？

鐵開誠道：「請，請先選一柄。」

劍柄是完全一樣的。劍鋒已完全沒入土裡。究竟是哪一柄劍質較佳較重？誰也看不出來。看不出來又何妨？

有劍又何妨？無劍又何妨？

謝曉峰慢慢的俯下身，握住了一把劍的劍柄，卻沒有拔出來。

他在等鐵開誠。劍鋒雖然還在地下，可是他的手一握住劍柄，劍氣就似已將破土而出。雖然彎著腰，弓著身，但是他的姿勢，卻是生動而優美的，完全無懈可擊。

鐵開誠看著他，眼睛前彷彿又出現了另一個人的影子，一個同樣值得尊敬的人。

荒山寂寂，有時月明如鏡，有時淒風苦雨，這個人將自己追魂奪命的劍法傳授了給他，也時常對他說起謝曉峰的故事。這個人雖然連謝曉峰的面都未見過，可是他對謝曉峰的了解，卻可能比世上任何人都深。因爲他這一生最大的目標，就是要擊敗謝曉峰。

他說的話，鐵開誠從未忘記。

——只有誠心正意，心無旁騖的人，才能練成天下無雙的劍法。

——謝曉峰就是這種人。

——他從不輕視他的對手，所以出手時必盡全力。

——只憑這一點，天下學劍的人，就都該以他爲榜樣。

鐵開誠的手雖然冰冷，血卻是滾燙的。能夠與謝曉峰交手，已是他這一生中最值得興奮驕傲的事。他希望能一戰而勝，揚名天下，用謝曉峰的血，洗清紅旗鏢局的羞辱。可是在他內心深處，爲什麼又偏偏對這個人如此尊敬？

「請。」這個字說出口。鐵開誠的劍已拔出，匹練般刺了出去。他當然更不敢輕視他的對手，一出手就已盡了全力。

鐵騎快劍，名滿天下，一百三十二式連環快劍，一劍比一劍狠。他一出手間，就已刺出三七二十一劍，正是鐵環快劍中的第一環「亂弦式」。因爲他使出這二十一劍時，對方必定要以劍相格。

雙劍相擊，聲如亂弦，所以這一環快劍，也就叫做「亂弦式」。

可是現在他這二十一劍刺出，卻完全沒有聲音。因爲對方手裡根本沒有劍，只有一條閃閃發亮的黑色緞帶。

本來纏在劍柄上的黑色緞帶。

謝曉峰並沒有拔出那柄劍，只解下了那柄劍上的緞帶。

# 卅四 鐵騎快劍

是緞帶也好，是劍也好，到了謝曉峰手裡，都自有威力。

箭已離弦，決戰已開始，鐵開誠已完全沒有選擇的餘地。

緞帶上竟似有種奇異的力量，帶動了他的劍。他已根本無法住手。

又是三七二十一劍刺出，用的竟是鐵騎快劍中最後一環「斷弦式」。這正是鐵騎快劍中的精粹，劍光閃動間，隱隱有鐵馬金戈聲、戰陣殺伐聲。

鐵中奇壯年時殺戮甚重，身經百戰，連環快劍一百三十二式，通常只要用出八九十招，對方就已斃命在他的劍下。若是用到這最後一環，對手一定太強，所以這一環劍法，招招都是不惜與敵同歸於盡的殺手。

所以每一劍刺出，都絲毫不留餘地，也絕不留餘力。

因爲這二十一劍刺出後，就已弦斷聲絕，人劍俱亡。

劍氣縱橫，轉眼間已刺出二十一劍，每一劍刺出，都像是勇士殺敵，勇無反顧，其悲壯慘烈，絕沒有任何一種劍法能比得上。

可是這二十一招刺出後，又像是石沉大海，沒有了消息。等到這時，人縱然還沒有死，劍式卻已斷絕，未死的人也已非死不可。曾經跟隨過鐵中奇的舊部，眼看著他使出最後一招時，都不禁發出驚呼嘆息聲。

誰知鐵開誠這一招發出後，劍式忽然一變，輕飄飄一劍刺了出去。

剛才的劍氣和殺氣俱重，就像是滿天烏雲密佈，這一劍刺出，忽然間就已將滿天烏雲都撥開了，現出了陽光。

並不是那種溫暖煦和的陽光，而是流金鑠石的烈日，其紅如血的夕陽。

剛才鐵開誠施展出那種悲壯慘烈的劍法，謝曉峰竟似完全沒有看在眼裡。

可是這一劍揮出，他居然失聲而呼，道：「好，好劍法。」

這四個字說出口，鐵開誠又刺出四劍，每一劍都彷彿有無窮變化，卻又完全沒有變化，彷彿飄忽，其實沉厚，彷彿輕靈，其實毒辣。

謝曉峰沒有還擊，沒有招架。

他只在看。

就像是個第一次看見裸女的年輕人，他已看得有點癡了。

可是這四劍並沒有傷及他的毫髮。鐵開誠很奇怪。明明這一劍已對準刺入他的胸膛，卻偏偏只是貼著他的胸膛擦過，明明這一劍已將洞穿他的咽喉，卻偏偏刺了個空。

每一劍刺出的方式和變化，彷彿都已在他的意料之中。

鐵開誠的劍勢忽然慢了，很慢。一劍揮出，不著邊際，不成章法。可是這一劍，卻像是道畫龍子的眼，雖然空，卻是所有轉變的樞紐。無論對方怎麼動，只要動一動，下面的一劍就可以制他的死命。

謝曉峰沒有動。他所有的動作，竟在這一刹那間全都停頓，只見這笨拙而遲鈍的一劍慢慢的刺過來忽然化作了一片花雨。

滿天的劍花，滿天的劍雨，忽然又化作一道匹練般的飛虹。

七色飛虹，七劍，多采多姿，千變萬化，卻忽然被烏雲掩住。

黑色的緞帶。

烏雲如帶。

鐵開誠的動作忽然停頓，滿頭冷汗，雨點般落了下來。

謝曉峰的動作也停頓，一字字問道：「這就是燕十三的奪命十三劍？」

鐵開誠沉默。沉默就是承認。

謝曉峰道：「好，好劍法。」

他忽又長長嘆息：「可惜可惜。」

鐵開誠忍不住問：「可惜？」

謝曉峰道：「可惜的是只有十三劍，若還有第十四劍，我已敗了。」

鐵開誠道：「還能有第十四劍？」

謝曉峰道：「一定有。」

他在沉思，過了很久，才慢慢的接著道：「第十四劍，才是這劍法中的精粹。」

劍的精粹，人的靈魂，同樣是虛無縹緲的，雖然看不見，卻沒有人能否認他的存在。

謝曉峰道：「奪命十三劍中所有的變化和威力，只有在第十四劍中，才能完全發揮，若能再變化出第十五劍，就必將天下無敵。」

他的手一抖，黑色的緞帶忽然挺得筆直，就像是一柄劍。

劍揮出，如夕陽，又如烈日，如彩虹，又如烏雲，如動又靜，如虛又實，如在左，又在右，如在前，又在後，如快又慢，如空又實。

雖然只不過是一條緞帶，可是在這一瞬間，卻已勝過世上所有殺人的利器。

就在這一瞬間，鐵開誠的冷汗已濕透衣裳。他已完全不能破解，不能招架，不能迎接，不能閃避。

謝曉峰道：「這就是第十四劍。」

鐵開誠不能開口。

謝曉峰道：「你若使出這一劍，就可以將我所有的退路全都封死。」

鐵開誠在悔恨，恨自己爲什麼一直都沒有想出這一著變化。

謝曉峰道：「現在你已看清楚這一劍？」

鐵開誠已看清楚。他從小就練劍，苦練。在這方面本就是絕頂的天才，而且還流過汗，流過血。

謝曉峰道：「你再看一遍。」

他將這一劍的招式和變化又重複一次：「現在你是否已能記住？」

鐵開誠點點頭。

謝曉峰道：「那麼你試試。」

鐵開誠看著他，還沒有完全明白他的意思。

謝曉峰道：「我要你用這一劍來對付我，看是否能破得了我的劍。」

鐵開誠眼睛裡發出了光，卻又立刻消失：「我不能這麼做。」

謝曉峰道：「我一定要你這麼做。」

鐵開誠道：「爲什麼？」

謝曉峰道：「因爲我也想試試，是否能破得了這一劍。」

因爲這一劍雖然是他創出的，可是其中的精粹變化，卻來自奪命十三劍。

這一劍的靈魂，也是屬於燕十三的。

鐵開誠已明白他的意思，眼中又露出尊敬之色：「你是個驕傲的人。」

謝曉峰道：「我是的。」

鐵開誠道：「可是你實在値得自傲。」

謝曉峰道：「我是的。」

一劍揮出，森寒的劍氣立刻逼人而來，連燈都失去了顏色。謝曉峰在往後退。

這一劍已將他全有的攻勢全都封死，他只有向後退。他雖然在退，卻沒有敗勢。他的身子已被這一劍的力量壓得向後彎曲彎如弓。可是弓弦也已抵緊，隨時都可能反彈出去，壓力愈大，反擊之力也愈強。

等到那一刻到來，立刻就可以決定他們的勝負生死。

誰知就在他的力已引滿，將發未發時，鏢車後、廊柱旁、人叢間，忽然有四道劍光飛出。

他已全神貫注在鐵開誠手裡的劍上，所有的力量，都在準備迎擊這一劍。已完全沒有餘力再去照顧別的事。

劍光一閃間，三柄劍已同時刺入了他的肩胛、左股、後背。

他所有的力量立刻全都崩潰。

鐵開誠的一劍也已迎面飛來，劍尖就在他的咽喉要害間。

他知道自己絕不能再招架閃避，他終於領略到死的滋味。

——那是種什麼樣的滋味？

——一個人在臨死前的一瞬間，是不是真的能回憶起一生中所有的往事？

——他這一生中，究竟有多少歡樂？多少痛苦？

究竟是別人負了他，還是他負了別人？

這些問題，除了他自己外，誰也無法回答。

他自己也無法回答。冰冷的劍尖，已刺入了他的咽喉。他能感覺得到那種刺骨的寒冷，冷，冷得發抖。

謝曉峰終於倒了下去，倒在鐵開誠的劍下，倒在他自己的血泊中。

他甚至沒有看見在背後突襲他的那四個人是誰。

鐵開誠看見了除了曹寒玉和袁家兄弟外，還有一個長身玉立，衣著華麗的陌生人，看來卻又顯得說不出的悲傷、憔悴、疲倦。

袁次雲在微笑，道：「恭喜總鏢頭，一擊得手，這一劍之威，必將名揚天下。」

鐵開誠臉上居然還是一點表情都沒有，掌中的劍已垂落。

袁次雲道：「這一次我們雖也略盡棉薄，真正一擊奏功的，卻還是總鏢頭。」

鐵開誠道：「你們四劍齊發，都沒有傷及他的要害，就是爲了要我親手殺他？」

袁次雲並不否認。

鐵開誠看著那衣著華麗的陌生人，道：「這位朋友是……」

袁次雲道：「這位就是夏侯世家的長公子，夏侯星。」

鐵開誠長長嘆了口氣，喃喃道：「謝謝你們，謝謝你們……」

他的聲音愈說愈低，彷彿也很疲倦，一種勝利後必有的疲倦。

袁次雲道：「現在他的血還未冷，總鏢局爲何還不用他的血來爲貴局的紅旗增幾分顏色？」

鐵開誠道：「我正準備這麼做。」

最後一個字說出口，他低垂的劍忽又揮起，向袁次雲刺了過去。

袁次雲一驚，揮劍迎擊，雙劍相交，聲如亂弦。

鐵開誠大聲道：「這件事不是我安排的，鐵開誠絕不是這種無恥的小人，這恥辱也只有用血才能洗清，不是他們的血，就是我的。」

這些話好像是說給謝曉峰聽的，可是死人又怎麼能聽見他的話？

夏侯星一直在盯著地上的謝曉峰，目中充滿悲憤怨毒，忽又一劍刺出，刺他的小腹。

誰知謝曉峰忽然從血泊中躍起，竄了出去。

夏侯星大呼：「他沒有死，他沒有死……」聲音激動得幾乎已接受瘋狂，劍法也因激動而變得接近瘋狂，瘋狂般在後面追殺謝曉峰，每一劍刺的都是要害。

謝曉峰卻已拔出了插在地上的那柄劍，反手一劍撩出。

他沒有回頭，但是夏侯星劍法中每一處空門破綻，他都已算準了，隨手一劍揮出，夏侯星劍法中三處破綻都已在他攻擊下，無論夏侯星招式如何變化，都勢必要被擊破。

可是他舊創未癒，又受了新傷，他反手一揮，肩胛處就傳來一陣撕裂般的痛苦。

這一劍的劍雖已勝！

力卻敗了。

「叮」的一聲，雙劍相擊，他的劍又被震得脫手飛出。

劍光如流星，飛出牆外。

看著自己的劍飛出，謝曉峰只覺得胃部忽然收縮，就像是忽然發現自己的情人已離他遠去，又像是忽然一腳踏空，墜下了萬丈高樓。他從未有過這種經驗，這本是絕無可能發生的事。

冰冷的劍鋒，已貼住了脖子，幾乎已割入他頸後的大血管裡。

夏侯星的手卻停頓，一字字問道：「你知道我是誰？」

謝曉峰道：「你的內力又彷彿精進了，可是你本來從不會在背後傷人的。」

夏侯星身子一轉，已到了他面前，劍鋒圍著他脖了滑過，留下了一條血痕，就像是小女孩脖子上繫著的紅線。

剛才被鐵開誠刺傷的地方，血已凝結，就像是紅線上繫著一粒珊瑚。

謝曉峰連眉頭都沒有皺一皺，淡淡道：「想不到夏侯家也有這麼利的劍。」

夏侯星冷笑道：「這世上令人想不到的事本就有很多。」

謝曉峰嘆道：「的確有很多。」

夏侯星忽然壓低聲音，道：「她的人在哪裡？」

謝曉峰道：「她是什麼人？」

夏侯星道：「你應該知道我問的是誰。」

謝曉峰道：「爲什麼我一定應該知道？」

夏侯星咬緊了牙，恨恨道：「自從她嫁給我那一天，我就全心全意的待她，只希望能跟她終生相守，寸步不離，可是她……她……」

說到這裡，他的聲音突然顫抖，過了半晌，才能接下去道：「她只要一有機會，就千方百計的要從我身邊逃走，去賭錢，去喝酒，甚至去做婊子，好像只要能離開我，隨便叫她去幹什麼她都願意。」

謝曉峰看著他，已有同情之意，道：「那一定是因爲你做錯了事。」

夏侯星嘶聲道：「我沒有錯，錯的是她，錯的是你！」

謝曉峰道：「是我？」

夏侯星道：「直到現在我才明白她爲什麼會做這種事。」

謝曉峰道：「爲什麼？」

夏侯星道：「因爲……因爲……」

他咬了咬牙，身子忽又圍著謝曉峰一轉，劍鋒又在謝曉峰脖子上留下道血痕，看來更美，卻又顯得那麼淒艷，那麼可怖。

夏侯星道：「這是柄利劍。」

謝曉峰道：「我知道。」

夏侯星道：「只要我再圍著你脖子轉三次，你的頭顱就要落下來。」

謝曉峰道：「我知道。」

夏侯星道：「那麼你就該知道她為的是什麼。」

謝曉峰道：「我不知道。」

夏侯星大吼，道：「她為的是你。」

他的聲音抖得更厲害，連手都在抖：「她雖然嫁給了我，可是她心裡只有你，你知不知道你這一生中，毀了多少個女人？拆散了多少對夫妻？」

謝曉峰的臉忽然也開始扭曲，因痛苦而扭曲。

——一個男人，若是被女人愛上了，這是不是他的錯？

——一個女人，若是愛上了一個值得她愛的男人，是不是錯？

——他們若沒有錯，錯的是誰？

他無法回答，也無法解釋。

袁氏兄弟雙劍聯手，逼住了鐵開誠。

紫衣袁氏傳家十餘代，聲名始終不墜，他們家傳的劍法，當然已經過千錘百煉，無論誰要想破他們的連璧雙劍，都很不容易。

鐵開誠卻有幾次都幾乎已得手了。他的奪命十三劍，彷彿正是這種劍法的剋星，只要再使出「第十四劍」來，袁氏兄弟的雙劍，就必破無疑。可是他始終沒有用出這一劍。

他太驕傲。這一招畢竟是謝曉峰創出來的，他和謝曉峰之間還有筆賬沒有算清。他雖然不能眼看著謝曉峰因爲被這一招所逼而遭人暗算，卻也不能用這一招去傷人。

他一向是個有原則的人。

只可惜奪命十三劍，缺少了這一劍，就像是畫龍尙未點睛，縱然生動逼真，卻還是不能破壁飛去。他和謝曉峰決戰時，已使出全力，現在氣力已剛剛不支，出手已倒，劍被袁氏兄弟封死。

曹寒玉冷笑著，看著他們，已不屑再出手，奇怪的是紅旗鏢局的鏢師，也都在袖手旁觀，沒有一個人來助他們的總鏢頭一臂之力。

劍光閃動，謝曉峰頭上又多了條血痕，這次劍鋒割得更深，鮮血一絲絲沁出，染紅了他的衣領。

夏侯星盯著他，道：「你說不說？」

謝曉峰道：「說什麼！」

夏侯星道：「只要你說出她在哪裡，我就饒你一命。」

謝曉峰目光注視著遠方，彷彿根本沒有看見眼前的這個人、這柄劍，過了很久，才緩緩道：「她心裡既然沒有你，你又何必再找她？找到了又有什麼用？」

夏侯星額上青筋一根根凸起，冷汗一粒粒落下。

謝曉峰道：「何況，我也不想要你饒我，要殺我，你還不配。」

夏侯星怒吼，忽然一劍刺向他的咽喉。

可是這柄劍剛一動，就聽見「啪」的一響，劍鋒已被謝曉峰雙掌夾住。

夏侯星想拔劍，拔不出。他也知道自己內力和劍法都有進步，自從敗在燕十三劍下之後，他的確曾經刻苦用功，只可惜他還是比不上謝曉峰，連受傷的謝曉峰都比不上。

他已發現自己永遠都比不上謝曉峰，無論哪一點都比不上。

要一個人承認自己的失敗，並不是件容易事，到了不能不承認的時候，那種感覺已不僅是羞辱，而且悲傷，一種充滿了痛苦和絕望的悲傷。他臉上已不僅有汗，也有淚。

他身旁還有個人在嘆息。

曹寒玉已緩緩走過，嘆息聲中充滿了同情和惋惜：「若沒有這個薄情的浪子，嫂夫人想必能安守婦道，夏侯兄也就不會因爲心中氣惱而荒廢了武功，以夏侯兄的聰明和家傳劍法，也未必就比不上神劍山莊的謝曉峰。」

他說的是實話。一個男人娶的妻子是否賢慧，通常就是決定他一生命運的大關鍵。

夏侯星咬緊牙，這些話正說中了他心中的隱痛。

曹寒玉又笑了笑，道：「幸好這位無情的浪子也跟別人一樣，也只有兩隻手。」

他掌中也有劍。

他微笑著，用劍尖逼住了謝曉峰的咽喉，道：「三少爺，你還有什麼話說？」

謝曉峰還能說什麼？

曹寒玉道：「那麼你爲什麼還不鬆開你的手？」

謝曉峰知道自己的手只要一放鬆，夏侯星的劍就必將刺咽喉。

可是他不放手又如何？一個人到了應該放手的時候還不肯放手，就是自討無趣了。

只有最愚蠢的人才會做這種事。謝曉峰絕不是個愚蠢的人，現在已到了他應該放手的時候。

到了這時候，他還不能忘懷的是什麼人？

是他的父母雙親？

是慕容秋荻？

還是小弟？

忽然間，鐵開誠掌中的劍光暴芒，袁氏兄弟立刻被逼退。

他終於使出了那一劍！

奪命十三劍的第十四劍。

劍光如飛虹，森寒的劍氣，冷得深入骨髓。

## 卅五　一朵珠花

忽然已到了曹寒玉和夏侯星的眉睫間。

沒有人能招架這一劍。他們也只有向後退，退得很快，退得很遠，夏侯星掌中的劍也已撒手。

鐵開誠眼睛盯著他們，嘴裡卻在問謝曉峰，你還能出手？

謝曉峰道：「我還沒有死。」

鐵開誠道：「剛才那一劍，是你創的劍法，我使出那一劍，只因爲要救你。」

謝曉峰明白他的意思。若不是爲了要救謝曉峰，他寧死也不會使出這一劍的。

鐵開誠道：「所以你也不必謝我，救你的是你的劍法，不是我。」

曹寒玉忽然冷笑，道：「現在你救了他，等一等誰來救你？」

鐵開誠轉臉去看他的鏢師。那其中有很多都是曾經和他共過生死患難的夥伴，有很多都是身經百戰的好手。可是現在他的目光從他們臉上看過去時，每一張臉都全無表情，每個人都好像變成了個木頭人。

鐵開誠的心沉了下去，心裡忽然充滿了憤怒與恐懼。他終於明白了一件事，他旗下所有的鏢師都已被人收買了。

他的紅旗鏢局早已名存實亡。

看到他臉上的表情，曹寒玉大笑，揮劍，用劍尖指著他：「殺！」

「誰殺了他們都重重有賞。」

「鐵開誠的頭顱值五千兩，謝曉峰的一萬。」

鏢師們立刻拔刀。紅燈映著刀光，刀光如血。

謝曉峰、鐵開誠，並肩而立，冷冷的看著刀光向他們揮舞過來。如果在平時，他們根本就不會將這些人看在眼裡，可是現在他們一個身負重傷，一個力氣將盡，就算他這些叛徒全都刺盡殺絕，也絕對無法再對付曹寒玉和袁氏兄弟的三柄劍了。

——一個人到了自知必死時，心裡會想些什麼？

謝曉峰忽然問：「你在想什麼？」

鐵開誠道：「我不服氣，你的頭顱，爲什麼要比我貴一倍。」

謝曉峰大笑。

大笑聲中，牆外忽然有個人凌空飛墜，衝入了刀光間，兩根拇指豎起一指朝天，一指向地，大聲道：「天地幽冥，唯我獨尊！」

「天地幽冥，唯我獨尊！」這八個字就像是某種神秘的符咒，在一瞬就令揮舞的刀光全都停頓。

這個人是誰？

幾十個人，幾十雙眼睛，都在吃驚的看著他。

他的臉也像謝曉峰一樣，蒼白、疲憊憔悴，卻又帶著種鋼鐵般的意志和決心。

「是你！」

謝曉峰、鐵開誠、曹寒玉、袁氏兄弟，五個人同時說出這兩個字，可是音卻不同。

鐵開誠的聲音裡充滿驚奇。

曹寒玉和袁氏兄弟不僅驚奇，而且憤怒。

謝曉峰呢？

誰也無法形容他說出這兩個字時心裡是什麼滋味。

什麼感覺。

因爲這個人竟是小弟。

又有誰知道小弟心裡是什麼滋味？什麼感覺？

曹寒玉已經在大聲問：「你來幹什麼？」

小弟道：「來要你們放人。」

曹寒玉道：「放誰？是鐵開誠？還是謝曉峰？」

小弟道：「是他們兩個人。」

曹寒玉冷笑，道：「你憑什麼要我們放人？你知道這是誰的命令？」

小弟也在冷笑，忽然從懷中拿出根五色的絲絛，絲絛上結著塊翠綠的玉牌。

曹寒玉的臉色立刻變了。

小弟道：「你認得這是什麼？」

曹寒玉當然認得，只要看他臉上的表情，就知道他一定認得。別人臉上的表情也跟他一樣，驚奇中帶著畏懼。

小弟再也不看他一眼，慢慢的後退，退到謝曉峰身旁：「我們走。」

謝曉峰轉過臉，看著鐵開誠：「你也走？」

鐵開誠沉默著，終於點了點頭。

他只有走。

要在一瞬間斷然放棄自己多年奮鬥得來的結果，承認自己徹底失敗，那不但困難，而且痛苦。

可是他知道自己也沒有選擇的餘地。

要人眼看著一條已經被釣上鉤的大魚再從自己手裡脫走，也是件很痛苦的事。

可是沒有人敢阻攔他們，沒有人敢動。

那塊結在五色絲縧的玉牌，本身雖然沒有追魂奪命的力量，卻代表著一種至高無上，生殺予奪的權力。

門外有車。

快馬、新車。那當然是小弟早已準備好的，他決心要做一件事的時候，事先一定準備得極仔細周密。

車馬急行，車廂裡卻還是很穩。

謝曉峰斜倚在角落裡，蒼白的臉已因失血過多而顯得更疲倦、更憔悴。可是他眼睛裡卻在發著光。

他興奮，並不是因爲他能活下來，而是因爲他對人忽然又有了信心。

對一個他最關心的人，他已將自己的全身希望寄託在這個人身上。

小弟卻盯著鐵開誠，忽然道：「我本不是救你的，也並不想救你！」

鐵開誠道：「我知道。」

小弟道：「我救了你，只因爲我知道他絕不肯讓你一個人留在那裡，因爲你們不但曾經並肩作戰，而且你也曾救過他！」

鐵開誠道：「我說過救他的並不是我。」

小弟道：「不管怎麼樣，那都是你們的事，跟我全無關係！」

鐵開誠道：「我明白！」

小弟道：「所以你現在還是隨時都可以找我算賬。」

鐵開誠道：「算什麼賬？」

小弟道：「鏢旗……」

鐵開誠打斷了他的話，道：「紅旗鏢局早已被毀了，那裡還有鏢旗？」

他笑了笑，笑容中充滿了悲痛和感傷：「鏢旗早已沒有了，哪裡還有什麼賬？」

謝曉峰道：「還有一點賬。」

鐵開誠道：「什麼賬？」

謝曉峰道：「一朵珠花。」

他也在盯著鐵開誠：「那朵珠花真是你叫人去買的？」

鐵開誠毫不考慮就回答：「是。」

謝曉峰道：「我不信！」

鐵開誠道：「我從不說謊。」

謝曉峰道：「鐵義呢？他有沒有說謊？」

鐵開誠閉上了嘴。

謝曉峰又問道：「難道那個女人真是你的女人？難道鐵義說的全是真話？」

鐵開誠還是拒絕回答。

小弟忽然插嘴，道：「我又看見了那個女人。」

謝曉峰道：「哦！」

小弟道：「她找到我，給了我一封信，要我交給你，而且一定要我親手交給你，因爲信上說的，是件很大的秘密。」

他一字字接著道：「紅旗鏢局的秘密。」

謝曉峰道：「信呢？」

小弟道：「就在這裡。」

信是密封著的，顯見得信上說的那件秘密一定很驚人。可是謝曉峰並沒有看到這封信，因爲小弟一拿出來，鐵開誠就已閃電般出手，一把奪了去，雙掌一揉，一封信立刻就變成了千百碎片，被風吹出了窗外，化作了滿天蝴蝶。

謝曉峰沉下臉，道：「這不是君子應該做的事。」

鐵開誠道：「我本來就不是君子。」

小弟道：「我也不是。」

鐵開誠道：「你……」

小弟道：「君子絕不會搶別人的信，也不會偷看別人的信，你不是君子，幸好我也不是。」

鐵開誠變色：「那封信你看過？」

小弟笑了笑，道：「不但看過，而且每個字都記得清清楚楚。」

鐵開誠的臉扭曲，就像是忽然被人一拳重重的打在小腹上，打得他整個人都已崩潰。

信上說的究竟是什麼秘密，爲什麼能讓鐵開誠如此畏懼？

我不是鐵開誠的女人。

我本來是想勾引他的，可惜他太強，我根本找不到一點機會。

幸好鐵中奇已老了，已沒有年輕時的壯志和雄心，已開始對奢侈的享受和漂亮的女人發生興趣。

我一向很漂亮，所以我就變成了他的女人。只要能躲開夏侯星，比他再老再醜的男人我都肯。

天下最讓我噁心的男人就是夏侯星。

有紅旗鏢局的總鏢頭照顧我，夏侯星當然永遠都找不到我，何況，鐵中奇雖然老了，對我卻很不錯，從來沒有追問過我的來歷。

鐵開誠不但是條好漢，也是個孝子，只要能讓他父親高興，什麼事都肯做，在我生日的那天，他甚至還送了我一朵珠花和兩隻鐲子。只可惜這種好日子並不長，夏侯星雖然沒有找到我，慕容狄荻卻找到了我。

她知道我的秘密，就以此來要脅我，要我替她做事。我不能不答應，也不敢不答應。

我替她在暗中收買紅旗鏢局的鏢師，替她刺探鏢局的消息，她還嫌不夠，還要我挑撥他們父子，替她除掉鐵開誠。

鐵中奇對我雖然千依百順，只有這件事，不管我怎麼說，他都聽不進去。

所以慕容秋荻就要我在酒中下毒。

那天晚上風雨很大，我看著鐵中奇喝下了我的毒酒，心裡多少也有點難受，可是我知道這秘密一定不會被人發覺的，因爲那天晚上在後院當値的人，也都已被天尊收買了。

鐵開誠事後縱然懷疑，已連一點證據都抓不到。爲了保全他父親的一世英名，他當然更不會將這種事說出來的。

可是現在我卻說了出來。因爲我一定要讓你知道，天尊的毒辣和可怕，我雖然不是個好女人，可是爲了你，我什麼都肯做。只要你能永遠記住這一點，別的事我全不在乎。

這是封很長的信，小弟卻一字不漏的唸了出來。

他的記憶力一向很好。聽完了這封信，鐵開誠固然已滿面痛淚，謝曉峰和小弟的心裡又何嘗不難受？

也不知過了多久，謝曉峰才輕輕的問道：「她人呢？」

小弟道：「走了。」

謝曉峰道：「你有沒有問她要去哪裡？」

小弟道：「沒有。」

鐵開誠忽然道：「我也要走了，你也不必問我要去哪裡，因爲你就是問我要去哪裡，我也絕不會說。」

他當然要走的。他還有很多事要做，不能不去做的事。

謝曉峰了解他的處境，也了解他的心情，所以什麼話都沒有說。

鐵開誠卻又問了他很讓他意外的話：「你想不想喝酒？」

謝曉峰笑了。

是勉強在笑，卻又很愉快：「你也喝酒？」

鐵開誠道：「我能不能喝酒？」

謝曉峰道：「能。」

鐵開誠道：「那麼我們爲什麼不去喝兩杯？」

謝曉峰道：「這時候還能買得到酒？」

鐵開誠道：「買不到我們能不能去偷？」

謝曉峰道：「能！」

鐵開誠也笑了。

誰也不知道那是種什麼樣的笑：「君子絕不會偷別人的酒喝，也不會喝偷來的酒，幸好我不是君子，你也不是。」

夜深，人靜，至少大多數人都已靜。

在人靜夜深的晚上，最不安靜的通常只有兩種人——賭得變成賭鬼的人，喝得變成了酒鬼的人。

可是就連這兩種人常去的宵夜攤子，現在都已經靜了。

所以他們要喝酒只有去偷。真的去偷。

「你有沒有偷過酒？」

「我什麼都沒有偷過。」

「我偷過。」

謝曉峰好像很得意：「我不到十歲的時候就去偷過酒喝。」

「偷誰的？」

「偷我老子的。」

謝曉峰在笑：「我們家那位老爺子雖然不常喝酒，藏的卻都是好酒，很可能比我們家藏的劍還好。」

「你們家爲什麼不叫神酒山莊？」

鐵開誠居然也在笑。

「因爲我們家除了我之外都是君子，不是酒鬼。」

「幸好你不是。」

「幸好你也不是。」

夜深人靜的晚上，夜深人靜的道路，兩個人卻還未靜。

因爲他們的心都不靜。

車馬已在遠處停下，他們已走了很遠。

「我們家的藏酒雖好，只可惜我只偷了兩次就被捉住了。」

謝曉峰還在笑，就好像某些人在吹噓他們自己的光榮歷史：「所以後來我只好去偷別人的。」

「偷誰的？」

「綠水湖對岸有家酒舖，掌櫃的也姓謝，我早就知道他是個好人。」

「所以你就去偷他的？」

「偷風不偷月，偷雨不偷雪，偷好人不偷壞人。」

謝曉峰說話的表情就好像老師在教學生：「這是偷王和偷祖宗傳留下來的教訓，要做小偷的人，就千萬不可不記在心裡。」

「因爲就算被好人抓住了也沒什麼了不得，被壞人抓住可就有點不得了。」

「不是有點不得了，是大大的不得了。」

「可是好人也會抓小偷的。」

「所以我又被抓住了。」

謝曉峰在嘆息：「雖然沒什麼了不起，卻也讓我得到個教訓。」

「什麼教訓？」

「要偷酒喝，最好讓別人去偷，自己最多只能在外面望風！」

「好，這次我去偷，你望風！」

鐵開誠真的沒有偷過酒，什麼都沒有偷過，可是不管要他去偷什麼，都不會太困難。

他的輕功也許不能算是最好的，可是如果你有兩百罈酒藏在床底下，他就算把你全偷光了，你也絕不會知道。

# 卅六　欣逢知己

很少有人會把酒藏在床底下。

只有大戶人家，才藏著有好酒，大戶人家通常有酒窖。要偷酒窖裡的酒，當然比偷床底下的酒容易。

鐵開誠偷酒的本事雖並不比謝曉峰差多少，酒量卻差得不少。所以先醉的當然是他。

不管是真醉，還是假醉，是爛醉，還是半醉，話總是說得要比平時多些，而且說的通常都是平時想說卻沒有說的話。

鐵開誠忽然問：「那個小弟，真的就叫做小弟？」

謝曉峰不能回答，也不願回答。

小弟真的應該姓什麼？叫什麼？你讓他應該怎麼說？

鐵開誠道：「不管他是不是叫小弟，他都絕不是個小弟。」

謝曉峰道：「不是！」

鐵開誠道：「他已是個男子漢。」

謝曉峰道：「你認爲他是？」

鐵開誠道：「我只知道，如果我是他，很可能就不會把那封信說出來！」

謝曉峰道：「爲什麼？」

鐵開誠道：「因爲我也知道他是天尊的人，他的母親就是慕容秋荻。」

謝曉峰沉默著，終於長聲嘆息：「他的確已是個男子漢。」

鐵開誠道：「我還知道一件事！」

謝曉峰道：「什麼事？」

鐵開誠道：「他來救你，你很高興，並不是因爲他救了你的命，而是因爲他來了！」

謝曉峰喝酒，苦笑。

酒雖是冷的，笑雖然有苦，心裡卻又偏偏充滿了溫暖和感激。感激一個人的知己。

鐵開誠道：「還有件事你可以放心，我絕不會再去找薛可人。」薛可人就是那個貓一樣的女人。

鐵開誠道：「因爲她雖然做錯了，卻是被逼的，而且她已經贖了罪。」

謝曉峰道：「可是……」

鐵開誠道：「可是你一定要去找她。」

他又強調：「雖然我不去找她，你卻一定要去找她。」

謝曉峰明白他的意思，鐵開誠雖然放過了她，慕容狄荻卻絕不會放過她的。

連曹寒玉、袁家兄弟、紅旗鏢局，現在都已在天尊的控制之下，還有什麼事是他們做不到的？

謝曉峰道：「我一定會去找她。」

鐵開誠道：「另外有個人，你卻一定不能去找！」

謝曉峰道：「誰？」

「燕十三。」

夜色如墨，正是黎明前最黑暗的時候。

謝曉峰邊說邊注視著遠方，燕十三就彷彿站在遠方的黑暗中。彷彿已與這寂寞的寒夜融爲一體。他從未見過燕十三，但是他卻能夠想像出燕十三是個什麼樣的人。

一個寂寞而冷酷的人。一種已深入骨髓的冷漠與疲倦。

他疲倦，只因爲他已殺過太多人，有些甚至是不該殺的人。

他殺人，只因爲他從無選擇的餘地。

謝曉峰從心底深處發出一聲嘆息。他了解這種心情，只有他了解得最深。

因爲他也殺人，也同樣疲倦，他的劍和他的名聲，就像是個永遠甩不掉的包袱，重重的壓在他肩上，壓得他連氣都透不過來。

——殺人者還常會有什麼樣的結果？

是不是必將死於人手？

他忽然又想起剛才在自知必死時，那一瞬間心裡的感覺。在那一瞬間，他心裡究竟在想什麼？

燕十三。

說出了這三個字，本已將醉的鐵開誠酒意似又忽然清醒。

他的目光也在遙視著遠方，過了很久，才緩緩道：「你這一生中，見到過的最可怕的一個人是誰？」

謝曉峰道：「是個我從未見過的陌生人。」

鐵開誠道：「陌生人並不可怕。」

——因爲陌生人既不了解你的感情，也不知道你的弱點。

——只有你最親密的朋友，才知道這些，等他們出賣你時，才能一擊致命。

這些話他並沒有說出來，他知道謝曉峰一定會了解。

謝曉峰道：「但是這個陌生人卻和別的人不同。」

鐵開誠道：「有什麼不同？」

謝曉峰說不出。就因爲他說不出，所以才可怕。

鐵開誠又問：「你是在哪裡見到他的？」

謝曉峰道：「在一個陌生的地方。」

就在那陌生的地方，他看見那可怕的陌生人，和一個他最親近的人在一起，在論劍。

論他的劍。

——他最親近的那個人，是不是慕容秋荻？

鐵開誠道：「你想那個陌生人會不會是燕十三？」

謝曉峰道：「很可能。」

鐵開誠忽然嘆了口氣，道：「我這一生中，見到過的最可怕的一個人也是他，不是你。」

謝曉峰道：「不是我？」

鐵開誠道：「因爲你畢竟還是個人。」

——那也許只因爲現在我已改變了。

這句話謝曉峰並沒有說出來，因爲連他自己都不知道自己是爲何會改變的。

鐵開誠道：「燕十三卻不是。」

謝曉峰道：「他不是人？」

鐵開誠道：「絕不是。」

他沉思著，慢慢的接著道：

「他沒有朋友，沒有親人，他雖然對我很好，傳授我的劍法，可是卻從來不讓我親近他，也從來不讓我知道他從哪裡來，要往哪裡去？」

——因爲他生怕自己會跟一個人有了感情。

——因爲要做殺人的劍客，就必要無情。

這些話鐵開誠也沒有說出來，他相信謝曉峰也一定會了解。

他們沉默了很久，鐵開誠忽然又道：「奪命十三劍中的第十四種變化，並不是你創出來的。」

謝曉峰道：「是他！」

鐵開誠點點頭，道：「他早已知道這十四劍，而且也早已知道你劍中有一處破綻。」

謝曉峰道：「可是他沒有傳授給你？」

鐵開誠道：「他沒有。」

謝曉峰道：「你認為他是在藏私？」

鐵開誠道：「我知道他不是。」

謝曉峰道：「你也知道他是為了什麼？」

鐵開誠道：「因為他生怕我學會這一劍後，會去找你。」

謝曉峰道：「因為他自己對這一劍也沒有把握。」

鐵開誠道：「可是你也同樣沒有把握能破他的這一劍。」

謝曉峰沒有反應。

鐵開誠盯著他，道：「我知道你沒有把握，因為剛才我使出那一劍時，你若有把握，早已出手，也就不會遭人的暗算。」

謝曉峰還是沒有反應。

鐵開誠道：「我勸你不要去找他，就因為你們全都沒有把握，我不想看著你們自相殘殺，兩敗俱傷。」

謝曉峰又沉默了很久，忽然問道：「一個人在臨死前的那一瞬間，想的是什麼事？」

鐵開誠道：「是不是會想起他這一生中所有的親人和往事？」

謝曉峰道：「不是。」

他又補充著道：「本來我也認爲應該是的，可是我自知必死的那一瞬間，想到的卻不是這些事。」

鐵開誠道：「你想的是什麼？」

謝曉峰道：「是那一劍，第十四劍。」

鐵開誠沉默著，終於長長嘆息，在那一瞬間，他想的也是這一劍。

一個人若已將自己的一生全都爲劍而犧牲，臨死前他怎麼會去想別的事！

謝曉峰道：「本來我的確沒把握能破那一劍，可是在那一瞬間，我心裡卻好像忽然有道閃電擊過，那一劍本來的確是無堅不摧無懈可擊，可是被這道閃電一擊，立刻就變了！」

鐵開誠道：「變得怎麼樣？」

謝曉峰道：「變得很可笑。」

本來很可怕的劍法，忽然變得很可笑，這種變化才真的可怕。鐵開誠什麼都不再說，又開始喝酒。

謝曉峰喝的更多、更快。

鐵開誠道：「好酒。」

謝曉峰道：「偷來的酒，通常都是好酒。」

鐵開誠道：「今日一別，不知要等到何時才能再醉。」

謝曉峰道：「只要你真的想醉，何時不能再醉！」

鐵開誠忽然大笑，大笑著站起來，一句話都不再說就走了。

謝曉峰也沒有再說什麼，只是看著他大笑，看著他走。

——鐵中奇雖然不是他親生的父親，可是爲了保全鐵中奇的一世英名，他寧可死，寧願承擔一切罪過，因爲他們已有了父子的感情。

謝曉峰沒有笑。想到這一點，他怎麼能笑得出？他又喝完了最後的酒，卻已辨不出酒的滋味是甘？是苦？

無論是甘是苦，總是酒，既不是水，也不是血，絕沒有人能反駁。

那豈非也正像是父子間的感情一樣？

天亮了。

車馬仍在，小弟也在。

謝曉峰走回去的時候，雖然已將醉了，身上的血腥卻比酒味更重。

小弟看著他上車，看著他倒下，什麼話都沒有說。

謝曉峰忽然道：「可惜你沒有跟我們一起去喝酒，那真是好酒。」

小弟道：「偷來的酒，通常都是好酒。」

這正是謝曉峰剛說過的話。

謝曉峰大笑。

小弟道：「只可惜不管多好的酒，也治不了你的傷。」

不管是身上的傷，還是心裡的傷，都一樣治不了。

謝曉峰卻還在笑：「幸好有些傷是根本就不必去治的。」

小弟道：「什麼傷？」

謝曉峰道：「根本就治不好的傷。」

小弟看著他，過了很久，才緩緩道：「你醉了。」

謝曉峰道：「你也醉了。」

小弟道：「哦？」

謝曉峰道：「你應該知道，天下最容易擺脫的是哪種人？」

小弟道：「當然是死人。」

謝曉峰道：「你若沒有醉，那麼你一心要擺脫我，爲什麼偏偏又要來救我？」

小弟又閉上了嘴，卻忽然出手，點了他身上十一處穴道。

他最後看見的，是小弟的一雙眼睛，眼睛裡充滿了一種誰都無法了解的表情。

這時陽光正從窗外照進來，照著他的眼睛。

謝曉峰醒來時，最先看見的也是眼睛，卻不是小弟的眼睛。

有十幾雙眼睛。

這是間很大的屋子，氣派也好像很大，他正躺在一張很大的床上。

十幾個人正圍著床，看著他，有的高瘦，有的肥胖，有的老了，有的年輕，服飾都很考究，臉色都很紅潤，顯出一種生活優裕，營養充足的樣子。

十幾雙眼睛有大有小，目光都很銳利，每個人的眼睛都帶著種很奇怪的表情，就好像一群屠夫正在打量著他們正要宰割的牛羊，卻又拿不定主意，應該從什麼地方下手。

謝曉峰的心在往下沉。他忽然發現自己的力量已完全消失，連站都站不起來。

就算能站起來，這十幾個人只要每個人伸出一根手指輕輕一推，他就又要躺下去。

他們究竟是些什麼人？爲什麼要用這種眼光來看他？

十幾個人忽然全都散開了，遠遠的退到一個角落裡去，又聚到一起，交頭接耳，竊竊私議。

謝曉峰雖然聽不見他們在說什麼，卻看得出他們一定是在商議一件很重要的事，這件事一定跟他有很密切的關係。

因爲他們一面說，一面還不時轉過頭來，用眼角偷偷的打量他。他們是不是在商量，要用什麼法子來對付他？折磨他？

小弟呢？

小弟終於出現了。前些日子來，他一直顯得很疲倦憔悴，落魄潦倒。

可是現在他卻已換上一身鮮明華麗的衣服，連髮髻都梳得很光潔整齊。簡直就像換了一個人。

——是什麼事讓他忽然奮發振作起來的？

——是不是因爲他終於想通了其中的利害，終於將謝曉峰出賣給天尊，立了大功？

看見他走近來，十幾個人立刻全都圍了上去，顯得巴結而陰沉。

小弟的神情卻很嚴肅，冷冷的問：「怎麼樣？」

「不行。」

十幾個人同時回答。

「沒有法子？」

「沒有。」

小弟的臉沉了下去，眼中現出怒火，忽然出手，抓住了其中一個人的衣襟。

這個年紀最大，氣派不小，手裡拿著的一個鼻煙壺，至少就已價值千金。

可是在小弟面前，他看來簡直就像是隻被貓捉住的耗子。

小弟道：「你就是簡復生？」

這人道：「是。」

小弟道：「聽說別人都叫你『起死復生』簡大先生？」

簡復生道：「那是別人胡亂吹噓，老朽實在不敢當。」

小弟上上下下打量著他，忽又笑了笑，道：「你這鼻煙壺很不錯呀！」

簡復生雖然還是很害怕，眼睛裡卻已不禁露出得意之色。

這鼻煙壺是整塊碧玉雕成的，他時時刻刻都帶在身邊，就連睡著了的時候，都壓在枕頭下面。他聽見有人稱讚這鼻煙壺，簡直比聽見別人稱讚他的醫術還要得意。

小弟微笑道：

「這好像還是用整塊漢玉雕出來的，只怕最少也值得上千兩銀子。」

簡復生忍不住笑道：「想不到大少爺也是識貨的人。」

小弟道：「你哪裡來的這麼多銀子！」

簡復生道：「都是病人送的診金！」

小弟道：「看來你收的診金可真不少呀！」

簡復生已漸漸聽出話風不太對了，已漸漸笑不出來。

小弟道：「你能不能借給我看看？」

簡復生雖然滿懷不情願，卻又不敢不送過去。

小弟手裡拿著鼻煙，好像真的在欣賞的樣子，喃喃道：「好，真是好東西，只可惜像你這樣的人，還不配用這樣的好東西。」

這句話剛說完，「吧」的一響，這價值連城的鼻煙壺竟已被摔在地上，摔得粉碎。

簡復生的臉色立刻變了，變得比剛死了親娘的孝子還難看，幾乎就要哭了出來。

小弟冷笑道：「你既稱名醫，收的診金比誰都高，卻連這麼樣一點輕傷都治不好，你究竟是他媽的什麼東西？」

簡復生全身發抖，滿身冷汗，嘴裡結結巴巴的不知在說什麼。

## 卅七　看破生死

他旁邊卻有個華服少年挺身而出，抗聲道：「這絕不是一點輕傷，那位先生傷勢之重，學生至今還沒有看見過。」

小弟瞪著他，道：「你是什麼東西？」

少年道：「學生不是東西，學生是人，叫簡傳學。」

小弟道：「你就是簡復生的兒子？」

簡傳學道：「是的。」

小弟道：「你既叫簡傳學，想必已傳了他的醫學，學問想必也不小。」

簡傳學道：「學生雖然才疏學淺，有關刀圭金創這方面的醫理，倒也還知道一點。」

他指著後面的人，又道：「這些叔叔伯伯，也都是箇中的斲輪好手，我等治不好的傷，別人想必也治不好。」

小弟怒道：「你怎麼知道別人也治不好？」

簡傳學道：「那位先生身上的傷，一共有五處，兩處是舊創，三處是這兩天才被人用利劍刺傷的，雖然不在要害上，可是每一劍都刺得很深，已傷及關節處的筋骨。」

他歇了口氣，又接著道：「病人受了傷之後，若是立刻求醫療養，也許還有救，可惜他受傷後又勞動過度，而且還喝了酒，喝的又太多，傷口已經開始在潰爛。」

他說的話確實句句都切中要處，小弟也只有在旁聽著。

簡傳學道：「可是嚴重的，還是那兩處舊創，就算我們能把新傷治好，他也只能再活七天。」

小弟臉色變了：「七天？」

簡傳學道：「最多七天。」

小弟道：「可是那兩處舊創看起來豈非早已收了口？」

簡傳學道：「就因爲創痕已經收了口，所以最多只能再活七天。」

小弟道：「我不懂！」

簡傳學道：「你當然不會懂，懂得這種事的人本就不多，不幸他卻偏偏認得一個，而且恰巧是他的朋友。」

小弟更不懂：「是他的朋友？」

簡傳學道：「他受傷之後，就恰巧遇見了這位朋友，這位朋友身上，恰巧帶著最好的金創藥，又恰巧帶著最毒的化骨散。」

他嘆了口氣：「金創藥生肌，化骨散蝕骨，劍痕收口時，創毒已入骨，七天之內，他的全身一百卌七根骨骼，都必將化爲膿血。」

小弟一把握住他的手，握得很緊：「沒有藥可以解這種毒？」

簡傳學道：「沒有！」

小弟道：「也沒有人可以解這種毒？」

簡傳學道：「沒有。」

他的回答簡單、明確、肯定，令人不能懷疑，更不能不信。

但是一定要小弟相信這種事，又是多麼痛苦，多麼殘酷。

只有他知道簡傳學說的這位朋友是誰，就因爲他知道，所以痛苦更深。

只有痛苦，沒有別的。因爲他甚至連恨都不能去恨。

應該愛的不能去愛，應該恨的不能去恨，對一個血還沒有冷的年輕人來說，這種痛苦如何能忍受？

他忽然聽見謝曉峰在問：「最多七天，最少幾天？」

他不敢回頭面對謝曉峰，也不想聽簡傳學的答覆。

但是他已聽見！

「三天。」

簡傳學的回答雖然還是同樣明確肯定，聲音卻也有了種無可奈何的悲哀：「最少可能只有三天。」

一個人忽然發現自己的生命只剩下短短的三天時，會有什麼樣的反應？

謝曉峰的反應很奇特。他笑了。

死，並不是件可笑的事，絕不是。

他爲什麼要笑？

是因爲對生命的輕蔑和譏誚？還是因爲那種已看破一切的瀟脫？

小弟忽然轉身衝過來，大聲道：「你爲什麼還要笑？你怎麼還能笑得出？」

謝曉峰不回答，卻反問：「大家遠路而來，主人難道連酒都不招待？」

簡傳學的手一直在抖，這時才長長吐出口氣。

「喝一杯」的意思，通常都不是真的只喝一杯。

三杯下肚，簡傳學的手才恢復穩定，酒，本就能使人的神經鬆馳，情緒穩定。

可是終年執刀的外傷大夫，卻不該有一雙常常會顫抖的手。

謝曉峰一直在盯著他的手，忽然問：「你常喝酒？」

簡傳學道：「我常喝，可是喝得不多。」

謝曉峰道：「如果一個人常喝酒，是不是因爲他喜歡喝？」

簡傳學道：「大概是的。」

謝曉峰道：「既然喜歡喝，爲什麼不多喝些？」

簡傳學道：「因爲喝太多總是對身體有損，所以……」

謝曉峰道：「所以你心裡雖然想喝，卻不得不勉強控制自己。」

簡傳學承認。

謝曉峰道：「因爲你還想活下去，還想多活幾年，活得愈久愈好。」簡傳學更不能否認——生命如此可貴，又有誰不珍惜？

謝曉峰舉杯，飲盡，道：「每個人活著時，都一定有很多心裡很想去做，卻不敢去做的事，因爲一個人只要想活下去，就難免會有很多拘束，很多顧忌。」

簡傳學又長長嘆了口氣，苦笑道：「芸芸眾生中，又有誰能無拘無束，隨心所欲！」

謝曉峰道：「有一種人！」

簡傳學道：「哪種？」

謝曉峰微笑道：「知道自己最多只能再活幾天的人。」

他在笑，可是除了他自己外，還有誰忍笑？誰能笑得出？

在人類所有的悲劇，還有哪種比死更悲哀？

一種永恆的悲哀。

酒已將足。

仍未足。

謝曉峰忽然問：「如果你知道你自己最多只能再活幾天，在這幾天裡，你會做什麼？」

這是個很奇妙的問題，奇妙而有趣，卻又帶著種殘酷的譏誚。

也許有很多人曾經在夜深人靜，無法成眠時問問過自己！

——如果我最多只能再活三天，在這三天裡，我會去做些什麼事？

但是會拿這問題去問別人的一定不多。

他問的不是某一個人，而是在座的每一個人。

座中忽然有個人站起來，大聲道：「如果是我，我會殺人！」

這個人叫施經墨。

在西河，施家是很有名的世家，他的祖先祖父都是很有名的儒醫，傳到他已是第九代，每一代都是循規守矩的惇惇君子。

他當然也是個君子，沉默寡言，彬彬有禮，現在居然會說出這麼一句話來，認得他的人，當然都很吃驚。

謝曉峰卻笑了：「你要去殺人？殺多少人？」

施經墨好像被這問題嚇了一跳，喃喃道：「殺多少人？我能殺多少人？」

謝曉峰道：「你想殺多少？」

施經墨道：「我本來只想殺一個的，現在想想，還有兩個也一樣該死！」

謝曉峰道：「他們都很對不起你？」

施經墨咬著牙，目中現出怒火，就好像仇人已經在他眼前，他隨時都可以將他們的頭顱砍下。

謝曉峰嘆了口氣，道：「只可惜你還有許多日子可以活，所以你也只有眼看著他們逍遙自在的活下去，很可能活得比你還快活。」

施經墨癡癡的怔了很久，握緊的雙拳漸漸放鬆，目中的怒火也漸漸消失，黯然道：「不錯，就因爲我還可以活下去，所以也只有讓他們活下去。」

他的聲音充滿了一種無可奈何的悲傷，能夠活下去，對他來說，竟似已變成種負擔。

他忍不住在心裡問自己。

——一個人要繼續活下去，究竟是幸運？還是不幸？

謝曉峰忽然轉過臉，盯著簡傳學，道：「你呢？」

簡傳學本來一直在沉思，顯然也被這問題嚇了一跳：「我？」

謝曉峰道：「你是個很有才能的人，出身好，學問好，而且剛強正直，想必一直都受人尊敬，你自己當然也不敢做出一點踰越規矩禮教的事。」

簡傳學不能否認。

謝曉峰道：「可是如果你只能活三天，你會去幹什麼？」

簡傳學道：「我……我會去好好的安排後事，然後靜靜的等死。」

謝曉峰道：「真的？」

他目光如利刃，彷彿已刺入他心裡：「你說的全是真話？」

簡傳學點下頭，忽又抬起，大聲道：「不是真話，完全不是。」

他一口氣喝了三杯酒，可大聲道：「如果我只能再活三天，我會去大吃大喝，狂嫖爛賭，把全城的婊子都找來，脫光了跟她們捉迷藏。」

他父親吃驚的看著他，道：「你……你怎麼會想到要做這種事？」

謝曉峰道：「這種事本來就很有趣，如果你只能活三天，你說不定也會去做的！」

簡傳學道：「我……我……」

謝曉峰道：「只可惜你們都還要活很久，所以你們心裡就算想得要命，也只能偷偷的在心裡想想而已。」

簡傳學終於嘆了口氣，苦笑道：「老實說，我簡直連想都不敢想。」

一個二十八、九歲的俏娘姨，正捧著一大碗熱氣騰騰的紅燜鴨子走進來。

謝曉峰忽然問她：「如果你只能活三天了，你想幹什麼？」

這娘姨也被問得吃了一驚，遲遲的說不出話。

小弟沉著臉，道：「謝先生既然在問你，你就要說老實話。」

這娘姨又害羞，又害怕，終於紅著臉道：「我想嫁人。」

謝曉峰道：「你一直都沒有嫁！」

這娘姨道：「沒有。」

謝曉峰道：「爲什麼不嫁？」

這娘姨道：「我從小就被賣給人家做丫環，能嫁給什麼樣的男人？有什麼樣的男人肯娶我？」

謝曉峰道：「可是你若只能活三天，就不管什麼樣的人都要嫁！」

這娘姨道：「只要男人就行，只要是活男人就行。」

她臉上因此已發興奮的光，忽然又大笑：「然後我就殺了他。」

二十七、八的大姑娘，要嫁人並不奇怪，後面這句話，卻叫人想不通了。

大家又吃了一驚：「你既然已經嫁給了他，爲什麼又要殺了他？」

這娘姨道：「因爲我沒有做過寡婦，我還想嚐嚐做寡婦是什麼滋味。」

大家面面相覷，想笑，又不能笑，誰都想不到這樣一個女人，會有這麼荒唐，這麼絕的想法。

這娘姨道：「只可惜我還不會死，所以我非但做不了寡婦，還很可能連嫁都嫁不出去。」

她低著頭，輕輕嘆了口氣，放下手裡的飯，低著頭走出了門。

過了很久，座上忽然有個人在喃喃自語：「如果我只能活三天，我一定娶她。」

這個人叫于俊才，也是位名醫，卻偏偏生得奇形怪狀，不但駝背瘤腿，而且滿臉麻子。

就因為他有名氣——不但有才名，還有醜名，所以做媒的雖然想盡千方百計去為他提親，對方只要一聽見「痲大夫」的大名，立刻就退避三舍，有一次有個媒婆甚至還被人用掃帚趕了出去。

謝曉峰道：「你真的想娶她？」

于俊才道：「這女人又乾淨，又標緻，能娶到這樣的老婆，已經算是福氣，只可惜……」

謝曉峰道：「只可惜你既然還不會死，就得顧全你們家的面子，總不能把個丫頭用八人大轎娶回去。」

于俊才只有點頭、嘆氣、苦笑、喝酒。

謝曉峰又大笑。大家就看著他笑。

謝曉峰道：「剛才你們都想問我，一個明知道自己快要死了的人，怎麼還能笑得出？現在你們為什麼不問了？」

沒有人回答，沒有人能回答。

謝曉峰自己替他們回答：「因為現在你們心裡都在偷偷的羨慕我，因為你們心裡想做，卻不敢去做的事，我都可以去做。」

一個人若能痛痛快快，隨心所欲的幾天，我相信一定會有很多人會在心裡偷偷的羨慕。

于俊才已經喝了兩杯酒，忽然問：「你呢？在這三天裡，你想幹什麼？」

謝曉峰道：「我要你娶她。」

于俊才又一驚：「娶誰？」

謝曉峰道：「我義妹。」

于俊才道：「你義妹？誰是你義妹？」

謝曉峰忽然衝出去，將一直躲在門外偷聽的俏娘姨拉了進來。

「我的義妹就是她。」

于俊才怔住。

俏娘姨也怔住。

謝曉峰道：「你姓什麼，叫什麼？」

這娘姨低下頭，道：「做丫頭的還有什麼姓，主人替我取了個名字，叫芳梅，我就叫芳梅！」

謝曉峰道：「現在你已有了姓，姓謝！」

芳梅道：「姓謝？」

謝曉峰道：「現在你是我的義妹，我姓謝，你不姓謝姓什麼！」

芳梅道：「可是你……你……」

謝曉峰道：「我就是翠雲峰，綠水湖，神劍山莊，謝家的三少爺謝曉峰。」

芳梅彷彿聽過這名字：「謝家的三少爺？謝曉峰？」

謝曉峰道：「不管誰做了謝家三少爺的義妹，都絕對不是件失人的事！」

他指著于俊才：「這個人雖然不是個美男人，卻一定是個好丈夫。」

芳梅的頭垂得更低。

謝曉峰拉起她的手，放在于俊才手裡：「現在我宣佈你們已經成夫婦，有沒有人反對？」

沒有，當然沒有。

這是喜事，很不尋常的喜事，完全不合規矩，甚至已有點荒唐。

可是無論什麼樣的喜事，都能使人的精神振奮些，只有施經墨，還是顯得很沮喪。

謝曉峰慢慢的走過去，忽然問：「那個人是你的朋友？」

施經墨道：「哪個人？」

謝曉峰道：「對不起你的人。」

施經墨握緊雙拳：「我……我一直都拿他當朋友，可是他……」

謝曉峰道：「他做了什麼對不起你的事？」

施經墨閉緊了嘴，連一個字都沒有說，眼睛裡卻已有淚將流。

這件事他既不忍說，也不能說。

無論多麼大的仇恨，多麼深的痛苦，他都可以咬著牙忍受，卻無法忍受這件事帶給他的羞辱。

謝曉峰看著他，目中充滿同情：「我看得出你是個老實人。」

施經墨垂下頭：「我只不過是個沒有用的人。」

老實人的意思，本來就通常都是沒有用的人。

謝曉峰道：「可是你至少讀過書。」

施經墨道：「也許就因爲我讀過書，所以才會變得如此無用！」

謝曉峰道：「有用。」

施經墨笑了，笑容中充滿自嘲與譏誚：「有用？有什麼用？」

謝曉峰譏道：「有時用筆也一樣能殺人的。」

# 卅八　口誅筆伐

施經墨道：「用筆也能殺人？」

謝曉峰道：「你不信？」

施經墨道：「我……」

謝曉峰道：「那邊桌上有筆墨，你爲什麼不過去試試？」

施經墨道：「怎麼試！」

謝曉峰道：「只要你去寫三個字，就可以將一個人置之於死地。」

施經墨道：「哪三個字？」

謝曉峰道：「那個人的名字。」

施經墨抬起頭，吃驚的看著他。直到現在，他才發現站在他面前的這個垂死的人，全身都帶著種神秘而可怕的力量，隨時都能做出別人做不到的事。

謝曉峰道：「快去寫，寫好了不妨密封藏起，再交給我，我保證這裡絕沒有人會洩露你的秘密。」

施經墨終於站起來，走過去，提起了筆。

這個人的力量，實在令他不能抗拒，也不敢抗拒，這個人說的話，他也不能不信。

密封起的信封，已在謝曉峰手裡，裡面只有一張紙，一個名字。

謝曉峰道：「除了你自己之外，我保證現在絕沒有人知道這裡面寫的是誰的名字。」

施經墨點點頭，蒼白的臉已因興奮緊張而扭曲，忍不住問：「以後呢？」

謝曉峰道：「以後也只有一個人能看到這名字。」

施經墨道：「什麼人？」

謝曉峰道：「一個絕對能爲你保守秘密的人。」

他轉過身，面對小弟：「你當然已猜出這個人就是你！」

小弟道：「是。」

謝曉峰道：「你看到這名字後，這個人當然就活不長的。」

小弟道：「是。」

謝曉峰道：「他當然是死於意外的。」

小弟道：「是。」

他伸出手，接過謝曉峰手裡的信，他的手也和謝曉峰同樣穩定。

每個人都在，他們臉上的表情不知是敬畏？還是恐懼。

一封信，一張紙，一個名字，一瞬間就已鐵定了一個人的生死！

他們究竟是什麼人？為什麼能有這種權力？

施經墨額上冷汗如豆，忽然衝過去，一把奪下了小弟手裡的信，揉成一團，塞入嘴裡，嚼碎，嚥下，然後就開始不停的嘔吐。

謝曉峰冷冷的看著他，並沒有阻止。

小弟臉上更全無表情，直到他嘔吐停止，謝曉峰才淡淡的問道：「你不忍讓他死？」

施經墨拚命搖頭，淚水與冷汗同時流下。

謝曉峰道：「你既然恨他入骨，為什麼又不忍讓他死？」

施經墨道：「我……我……」

謝曉峰道：「那邊還有紙，我還可以再給你一次機會！」

施經墨又拚命搖頭：「我真的不想要他死，真的不想！」

謝曉峰笑了：「原來你恨他恨得並沒有你想像中那麼深。」

他微笑著，從地上拉起了幾乎已完全軟癱的施經墨：「不管怎麼樣，你總算已有機會殺過他，卻又放過他，只要想到這一點，你心裡就會覺得舒服多了。」

屋子裡很暗，他臉上卻彷彿發著光。

每個人都不由自主在看著他，臉上的表情已只有敬畏，沒有恐懼。

——一封信，一張紙，一個名字，一剎那間就化解了一個人的心裡的怨毒和仇恨。

——他究竟是什麼人，爲什麼會有這種神奇的力量？

杯裡又加滿了酒，每個人都默默舉杯，一飲而盡，每個人都明白這杯酒是爲誰喝的——也許只有三天了，在這三天裡，他還會做出些什麼事？

謝曉峰長長吐出口氣，笑得更愉快，對這一切，他顯得都覺得很滿意。

他喜歡好酒，也喜歡別人對他尊敬。這兩樣事他雖然已摒絕了很久，可是現在卻仍可使全身都漸漸溫暖起來。

「該走的，遲早總是要走的。」

他看著這些人：「現在你們還有沒有一定要把我留在這裡？」

小弟再次舉杯，一飲而盡，然後再一字字道：「沒有，當然沒有。」

每個人都再次舉杯，喝下了這杯酒，每個人都在看著謝曉峰。

只有簡傳學一直低著頭，忽然問：「現在你是不是已經該走了？」

謝曉峰道：「是。」

他站起來，走過去，握住簡傳學的臂：「我們一起走。」

簡傳學終於抬起頭：「我們一起走？你要我跟你去哪裡？」

謝曉峰道：「去大吃大喝，狂嫖爛賭。」

簡傳學道：「然後呢？」

謝曉峰道：「然後我去死，你再回來做你的君子。」

簡傳學連想都不再想，立刻站起來！

「好，我們走。」

看著他們並肩走出去，每個人都知道謝曉峰這一去必死無疑。

可是簡傳學呢？他是不是還會回來做他的君子？

已經走出了門，簡傳學忽又停下來：「現在我們還不能走。」

謝曉峰道：「爲什麼？」

簡傳學道：「因爲你就是謝家的三少爺，謝曉峰。」

這不成理由。

所以簡傳學又補充：「這裡每個人都知道，謝家三少爺的劍法，是天下無雙的劍法，卻沒有一個人看見過。」

謝曉峰承認。他的名聲天下皆知，親眼看見過他劍法的人卻不多。

簡傳學道：「三少爺若是死了，還有誰能看見三少爺的劍法？」

沒有人，當然沒有。

簡傳學道：「大家不遠千里而來，要看的也許並不是三少爺的病，而是三少爺的劍，三少爺總不該讓大家徒勞往返，抱憾終生？」

這是老實話。三少爺的病並不好看，好看的是三少爺的劍。

謝曉峰笑了。

他微笑著轉回身：「這裡有劍？」

這裡有劍，當然有。

有劍，不是古劍，也不是名劍，是柄好劍，百煉精鋼鑄成的好劍。一柄好劍是不是能成爲古劍使用，成爲名劍，通常要看用它的是什麼人。劍能得其主，劍勝，得其名劍不能得其主，劍執、劍毀、劍沉，既不能留名於千古，亦不能保其身。

一個人的命運豈非如此？

劍一出鞘，就化做一道光華，一道弧形的光華、燦爛、輝煌、美麗。光華在閃動、變幻、高高在上，輕雲飄忽，每個人都覺得這道光華彷彿就在自己眉睫間，卻又沒有人能確實知道它在哪裡。它的變化，幾乎已超越了人類能力的極限，幾乎已令人無法置信。

可是它確實在那裡，而且無處不在。可是就在每個人都已確定它存在時，已忽然又不見了。

又奇蹟般忽然出現，又奇蹟般忽然消失。

所有的動作和變化，都已在一剎那間完成，終止。就像是流星，又像是閃電，卻又比流星和閃電更接近奇蹟。因爲催動這變化的力量，竟是由一個人發出來的。

那普普通通，有血有肉的人。

等到劍光消失時，劍仍在而這個人卻不見了。

劍在樑上。

大家癡癡的看著這柄劍，也不知道過了多久，有人長長吐出口氣。

「他不會死。」

「爲什麼？」

「因爲這世上本就有這種人。」

「爲什麼？」

「因爲無論他的人去了哪裡，那必將永遠活在我們心裡。」

夜。

華燈初上，燈如晝。

他們都已有了幾分酒意，簡傳學的酒意正濃，喃喃道：「那些人一定很奇怪，我怎麼會忽然想到要做這些事，我一向是個好孩子。」

謝曉峰道：「你是不是人？」

簡傳學道：「當然是。」

謝曉峰道：「只要是人，不管是什麼樣的人，要學壞都比學好容易，尤其像吃喝嫖賭這種事根本連學都不必學的。」

簡傳學立刻同意：「好像每個人都天生就有這種本事。」

謝曉峰道：「可是如果真的要精通這其中的學問，卻很不容易。」

簡傳學道：「你呢？」

謝曉峰道：「我是專家。」

簡傳學道：「專家準備帶我到哪裡去？」

謝曉峰道：「去找錢。」

簡傳學道：「專家做這種事也要花錢？」

謝曉峰道：「因爲我是專家，所以才要花錢，而且花得比別人都多。」

簡傳學道：「爲什麼？」

謝曉峰道：「因爲這本來就是要花錢的事，若是捨不得花錢，就不如回家去抱孩子。」

這的確是專家說出來的話，只有真正的專家，才能明白其中的道理。又想玩個痛快，又要斤斤計較，小里小氣的人，才是這一行中的瘟生，因爲他們就算省幾文，在別人眼中卻已變得一文不値了。

專家當然也有專家的苦惱，最大的苦惱通常只有一個字——錢。因爲花錢永遠都比找錢容易得多，可是這一點好像也難不倒謝曉峰。他帶著簡傳學在街上東逛西逛，忽然逛進了一家門面很破舊的雜貨舖，隨便你怎麼看，都絕不像是個有錢可以找的地方。

雜貨舖裡只有個老眼昏花、半聾半瞎的老頭子，隨便怎麼看，都絕不像是個有錢的人。

簡傳學心裡奇怪！

——我們既不想買油，也不想買醋，到這裡來幹什麼？

謝曉峰已走過去，附在老頭子耳朵邊，低低的說了幾句話。

老頭子的表情，立刻變得好像隻忽然被八隻貓圍住了的老鼠。

然後他就帶著謝曉峰，走進了後面掛著破布簾子的一扇小門。

簡傳學只有在外面等著。

幸好謝曉峰很快就出來了，一出來就問他：「三萬兩銀子夠我們花的？」

三萬兩銀子？

哪裡來的三萬兩銀子？

在這小破雜貨舖裡，能一下子找到三萬兩銀子？

簡傳學簡直沒法子相信。可是謝曉峰的確已有了三萬兩銀子。

老頭子還沒有出來，簡傳學忍不住悄悄的問：「這裡究竟是什麼地方？」

謝曉峰道：「當然是個好地方。」

他微笑著補充：「有錢的地方，通常都是好地方。」

簡傳學道：「這種地方怎麼會有錢？」

謝曉峰道：「包子的肉不在摺上，一個人有錢沒錢，從外表也是看不出來的。」

簡傳學道：「那老頭有錢？」

謝曉峰道：「不但有錢，很可能還是附近八百里內最有錢的一個。」

簡傳學道：「那麼他為什麼還要過這種日子？」

謝曉峰道：「就因為他肯過這種日子，所以才有錢。」

簡傳學道：「既然他連自己都捨不得花錢，怎麼會平白送三萬兩銀子給你？」

謝曉峰道：「我當然有我的法子。」

簡傳學眨了眨眼，壓低聲音，道：「什麼法子？是不是黑吃黑？」

謝曉峰笑了，只笑，不說話。

簡傳學更好奇，忍不住又問：「難道這老頭子是個坐地分贓的江洋大盜？」

謝曉峰微笑著道：「這些事你現在都不該問的。」

簡傳學道：「現在我應該問什麼？」

謝曉峰道：「問我準備帶你到哪裡花錢去。」

簡傳學也笑了。

不管怎麼樣，花錢總是件令人愉快的事。

他立刻問：「我們準備到哪裡花錢去？」

謝曉峰還沒有開口，那老頭子已從破布簾子裡伸出頭，道：「就在這裡。」

這裡是個小破雜貨舖，就算把所有的貨都買下來，也用不了五百兩。

簡傳學當然要問：「這裡也有地方花錢？」

老頭子瞇著眼打量了他兩眼，頭又縮了回去，好像根本懶得跟他說話。

謝曉峰已笑道：「這裡若是沒地方花錢，那三萬兩銀子是哪裡來的？」

這句話很有理，簡傳學還是難免有點懷疑：「這裡有女人？」

謝曉峰道：「不但有女人，附近八百里內，最好的女人都在這裡！」

簡傳學道：「附近八百里內，最好的酒都在這裡？」

謝曉峰道：「在。」

簡傳學道：「你怎麼知道的？」

謝曉峰道：「因爲我是專家。」

雜貨舖後面只有一扇門。又小又窄的門，掛著又破又舊的棉布簾子。

酒在哪裡？

女人在哪裡？難道都在這扇掛著破舊棉布簾子的小破門裡？

簡傳學學忍不住想掀開簾子看看，簾子還沒有掀開，頭還沒有伸進去，就嗅到一股香氣。

要命的香氣。

然後就暈了過去。

他醒來的時候，謝曉峰已經在喝酒，不是一個人在喝酒，有很多女人在陪他喝酒。

酒還不知道是不是最好的酒，女人卻個個都不錯，很不錯。

簡傳學搖搖晃晃的站起來，搖搖晃晃的走過去，先搶了杯一飲而盡。

果然是好酒。

女孩子們都在看著他笑，笑起來顯得更漂亮。

簡傳學看看他們，再看看謝曉峰：「你有沒有嗅到那股香氣？」

謝曉峰道：「沒有。」

簡傳學道：「我嗅到了，你怎麼會沒有？」

# 卅九 賭劍決勝

謝曉峰道：「我捏住了鼻子。」

簡傳學道：「爲什麼要捏住鼻子？」

謝曉峰道：「因爲我早就知道那是什麼香。」

簡傳學道：「那是什麼香？」

謝曉峰道：「迷香。」

簡傳學道：「爲什麼要用迷香迷倒我？」

謝曉峰道：「因爲這樣才神秘。」

他微笑：「愈神秘豈非就愈有趣？」

簡傳學看看他，再看看這些女孩子，忍不住嘆了口氣：「看起來你果然是專家，不折不扣的專家。」

「爲什麼大家總是說『吃、喝、嫖、賭』，爲什麼不說『賭、嫖、喝、吃』？」

「不知道。」

「我知道。」

「你說是爲什麼？」

「因爲賭最厲害，不管你怎麼吃，怎麼喝，怎麼嫖，一下子都不會光的，可是一賭起來，很可能一下子就輸光了。」

「一輸光了，就吃也沒得吃了，喝也沒得喝了，嫖也沒得嫖了。」

「一點都不錯。」

「所以賭才要留到最後。」

「一點都不錯。」

「現在我們是不是已經應該輪到賭了？」

「好像是的。」

「你準備帶我到哪裡去賭？」

謝曉峰還沒有開口，那老頭子忽然又從門後面探出頭，道：「就在這裡，這裡什麼都有！」

這裡當然不再是那小破雜貨鋪。

這裡是間很漂亮的屋子，有很漂亮的擺設，很漂亮的女人，也有很好的菜，很好的酒。

這裡的確幾乎已什麼都有了。可是這裡沒有賭。

賭就要賭得痛快，如果你已經和一個女孩子做過某些別種很痛快的事，你能不能夠再跟她痛痛快快的賭？

除了這種女孩子外，這裡只有一個謝曉峰。

簡傳學當然也不能跟謝曉峰賭。朋友和朋友之間，時常都會賭得你死我活，反臉成仇。可是如果你的賭本也是你朋友拿出來的，你怎麼能跟他賭？

老頭子的頭又縮了回去，簡傳學只有問謝曉峰：「我們怎麼賭？」

謝曉峰道：「不管怎麼賭，只要有賭就行。」

簡傳學道：「難道就只有我們兩個賭？」

謝曉峰道：「當然還有別人。」

簡傳學道：「人呢？」

謝曉峰道：「人很快就會來的。」

簡傳學道：「是些什麼人？」

謝曉峰道：「不知道。」

他微笑，又道：「可是我知道，那老頭子找來的，一定都是好腳。」

簡傳學道：「好腳是什麼意思？」

謝曉峰道：「好腳的意思，就是好手，也就是不管我們怎麼賭，不管我們賭什麼，他們都能賭得起。」

簡傳學道：「賭得起的意思，就是輸得起？」

謝曉峰笑了笑，道：「也許他們根本不會輸，也許輸的是我們。」

賭的意思，就是賭，只要不作假，誰都沒把握能穩贏的。

簡傳學道：「今天我們賭什麼？」

謝曉峰又沒有開口，因為那老頭子又從門後面伸出頭：

「今天我們賭劍。」

他瞇著眼，看看謝曉峰：「我保證今天請來的都是好腳。」

武林中一向有七大劍派——

武當、點蒼、華山、崑崙、海南、峨嵋、崆峒。

少林弟子多不使劍，所以少林不在其中。

自從三丰真人妙悟內家劍法真諦，開宗立派以來，武當派就被天下學劍的奉爲正宗，歷年門下弟子高手輩出，盛譽始終不墜。

武當派的當代劍客從老一輩的高手中，有六大弟子，號稱「四靈雙玉」。

四靈之首歐陽雲鶴，自出道以來，已身經大小三十六戰，只曾在隱居巴山的武林名宿顧道人手下敗過幾招。

歐陽雲鶴長身玉立，英姿風發，不但在同門兄弟中很有人望，在江湖中的人緣也很好，自從巴山這一戰後，幾乎已被公認最有希望繼承武當道統的一個人，他自己也頗能謹守本份，潔身自好。

可是他今天居然在這種地方出現了，謝曉峰第一個看見的就是他。看來那老頭的確沒有說謊，因爲歐陽雲鶴的確是好手。

崆峒的劍法，本與武當源出一脈，只不過比較喜歡走偏鋒。走偏鋒並不是不好，有時反而更犀利狠辣。劍由心生，劍客們的心術也往往會隨著他們所練的劍法而轉變。所以崆峒門下的弟子，大多數都比較陰沉狠毒。

所以崆峒的劍法雖然也是正宗的內家功力，卻很少有人承認崆峒派是內家正宗，這使得崆峒弟子更偏激，更不願與江湖同道來往。

可是江湖中人並沒有因此而忽視他們，因爲大家都知道近年來他們又創出一套極可怕的劍法，據說這套劍法的招式雖不多，每一招都是絕對致命的殺手，能練成這種劍法當然很不容易，除了掌門真人和四位長老外，崆峒門下據說只有一個人能使得出這幾招殺手。這個人就是秦獨秀。

跟著歐陽雲鶴走進來的，就是秦獨秀。秦獨秀當然也是好手。

華山奇險，劍法也奇險。

華山的弟子一向不多，因爲要拜在華山門下，就一定要有艱苦卓絕、百折不撓的決心。當代的華山掌門孤僻驕傲，對門下的要求最嚴，從來不許他的子弟妄離華山一步。梅長華卻是唯一可以自由出入，走動江湖的一個，因爲他對梅長華有信心。梅長華無疑也是好手。

崑崙的「飛龍九式」名動天下，威鎮江湖，弟子中卻只有一龍。

田在龍就是這一龍。

田在龍當然也無疑是好手。

點蒼山明水秀，四季如春，門下弟子們從小拜師，在這環境中生長，大多數都是溫良如玉的惇惇君子，對名利都看得很淡。

點蒼的劍法雖然輕雲飄忽，卻很少有致命的殺著。

可是江湖中卻沒有敢輕犯點蒼的人，因爲點蒼有一套鎮山的劍法，絕不容人輕越雷池一步。只不過這套劍法一定要七人聯手，才能顯得出它的威力。

所以點蒼門下，每一代都有七大弟子，江湖中人總是稱他們為「點蒼七劍」。

三百年來，每一代的「點蒼七劍」，都有劍法精絕的好手。

吳濤就是這一代七劍中佼佼者。

吳濤當然也是好手。

海南在南海之中，孤懸天外，人亦孤絕，若沒有致勝的把握，絕不願跨海西渡。

近十年來，海南劍客幾乎已完全絕於中土，就在這時候，黎平子卻忽然出現了。

這個人年紀不過三十，獨臂、跛足、奇醜，可是他的劍法卻絕對完美準確，只要他的劍一出手，就能使人立刻忘記他的獨臂跛足，忘記他的醜陋。

這麼樣一個人，當然是好手。

這六個人無疑已是當代武林後起一等一高手中的精英，每個人都絕對是出類拔萃，絕對與眾不同的。

可是最獨特的一個人，卻不是他們，而是厲真真。

峨嵋門下的厲真真，被江湖人稱為「羅剎仙子」的厲真真。

峨嵋天下秀。

自從昔年妙因師太接掌了門戶之後，峨嵋的雲秀之氣，就彷彿全集於女弟子身上。厲真真當然是個女人。

自從妙因師太接掌門戶後，峨嵋的女弟子就都是削了髮的尼姑。厲真真卻是例外。唯一的例外。

當代的峨嵋掌門是七大掌門中年紀最大的，拜在峨嵋門下，削髮爲尼時，已經有三十左右。

沒有人知道她在三十歲之前，曾經做過些什麼事，沒有人知道她以前的身世來歷，更沒有人想得到她能在六十三歲的高齡，還接了峨嵋的門戶。

因爲當時江湖中謠言紛紛，甚至有人說她曾經是揚州的名媛。

不管她以前是個什麼樣的人，自從她拜在峨嵋門下後，做出來的事都是任何一個隨便什麼樣的女人都做不到的。

自從她削髮的那一天，就沒有笑過——至少從來沒有人看見她笑過。

她守戒、苦修，每天只一餐，也只有一小缽胡麻飯，一小缽無根水。

她出家前本已日漸豐滿，三年後就已瘦如秋草，接掌峨嵋時，體重竟只有三十九公斤，看見過她的人沒有一個能相信如此瘦小孱弱的軀體內，能藏著如此巨大的力量，如此堅強的意志。她門下的弟子也和她一樣，守戒、苦修、絕對禁慾、絕對不沾葷酒。

她認爲每個年輕的女孩子都一定會有很多正常和不正常的慾望，可是她如果經常都在半飢餓的狀況中，就不會想到別的了。

她對厲真真卻是例外。

厲真真幾乎可以做任何一件自己想做的事，從來沒有人限制過她。

因爲厲真真雖然講究飲食，講究衣著，雖然脾氣暴躁，飛揚跳脫，卻從來不會做錯事，就好像太陽從來不會從西邊出來一樣。

武林中一向是男人的天下，男人的心腸比女人硬，體力比女人強，武林中的英雄榜上，一向很少有女人。厲真真卻是例外。

近年來她爲峨嵋爭得聲名和榮耀，幾乎已經比別的門戶中所有弟子加起來都多。

厲真真還是個美人。今天她穿著的是件水綠色的輕紗長裙，質料、式樣、剪裁、手工，都絕對是第一流的，雖然並不很透明，可是在很亮的地方，卻還是隱約看得見她纖細的腰和筆直的腿。這地方很亮。

陽光雖然照不進來，燈光卻很亮，在燈光下看她的衣裳簡直就像是一層霧。

可是她不在乎，一點都不在乎，她喜歡穿什麼，就穿什麼。

因爲她是厲真真。

不管她穿的是什麼，都絕對不會有人敢看不起她。

她一走進來，就走到謝曉峰面前，盯著謝曉峰。

謝曉峰也在盯著她。

她忽然笑了。

「我知道你心裡在想什麼。」

她說：「你一定想知道我是不是經常陪男人上床？」

這就是她說的第一句話。

有些人好像天生就是與眾不同的，無論在什麼時候，什麼地方，總喜歡說些驚人的話，做些驚人的事。

厲真真無疑就是這種人。

謝曉峰了解這種人，因爲他以前也曾經是這種人，也喜歡讓別人吃驚。

他知道厲真真很想看看他吃驚時是什麼樣子。

所以他連一點吃驚的樣子都沒有，只淡淡的問道：「你是不是想聽我說老實話？」

厲真真道：「我當然想。」

謝曉峰道：「那麼我告訴你，我只想知道要用什麼法子才能讓你陪我上床去。」

厲真真道：「你只有一種法子。」

謝曉峰道：「什麼法子。」

厲真真道：「賭。」

謝曉峰道：「賭？」

厲真真道：「只要你能贏了我，隨便你要我幹什麼都行。」

謝曉峰道：「我若輸了，隨便你要我幹什麼，我都得答應？」

厲真真道：「對了。」

謝曉峰道：「這賭注倒真不小。」

厲真真道：「要賭，就要賭得大些，愈大愈有趣。」

謝曉峰道：「你想賭什麼？」

厲真真道：「賭劍！」

謝曉峰笑了：「你真的要跟我賭劍？」

厲真真道：「你是謝曉峰，天下無雙的劍客謝曉峰，我不跟你賭劍賭什麼？難道要我像小孩子一樣跟你蹲在地上擲骰子？」

她仰著頭：「要跟酒鬼賭，就要賭酒，要跟謝曉峰賭，就要賭劍，若是賭別的，贏了也沒意思。」

謝曉峰大笑，道：「好！厲真真果然不愧是厲真真。」

厲真真又笑了，道：「想不到名滿天下的三少爺，居然也知道我。」

這次她才是真的在笑，既不是剛才那種充滿譏誚的笑，也不是俠女的笑。

這次她的笑，完完全全是一個女人的笑，一個真正的女人。

謝曉峰道：「就算從來沒有看見過珍珠的人，當他第一眼看見珍珠的時候，也一定能看得出它的珍貴。」

他微笑著，凝視著她：「有些人也像是珍珠一樣，就算你從來沒有見過她，當你第一眼看見她的時候，也一定能認得出她的。」

厲真真笑得更動人，道：「難怪別人都說謝家的三少爺不但有柄可以讓天下男人喪膽的劍，還有張可以讓天下女人動心的嘴。」

她嘆了口氣：「只可惜女人們在動心之後，就難免要傷心了。」

謝曉峰道：「你知不知道一個總是會讓別人傷心的人，自己也一定有傷心的時候？」

他的聲音雖然還是很平靜，卻又帶著種說不出的哀愁。

厲真真垂下頭：「一個總是讓別人傷心的人，自己也一定會有傷心的時候。」

她輕輕的跟著他說了一遍，忽又抬起頭，盯著他：「這句話我一定會永遠記住。」

謝曉峰又大笑，道：「好，你說我們怎麼賭才是？」

厲真真道：「我也常聽人說，三少爺拔劍無情，從來不爲別人留餘地。」

謝曉峰道：「三尺之劍，本來就是無情之物，若是劍下留情，又何必拔劍？」

厲真真道：「所以只要你一拔劍，對方就必將死在你的劍下，至今還沒有人能擋得住你三招。」

謝曉峰道：「那也許只因爲我在三招之間，就已盡了全力。」

厲真真道：「三招之內，你若不能勝，是不是就要敗了？」

謝曉峰道：「很可能。」

他微笑，淡淡的接著道：「幸好這種情況我至今還未遇見過。」

厲真真道：「也許你今天就會遇見了。」

謝曉峰道：「哦？」

厲真真轉過臉，歐陽雲鶴、秦獨秀、梅長華、田在龍、吳濤、黎平子，一直都默默的站在她後面，她看了他們一眼：「這幾位你都認得？」

謝曉峰道：「雖然從未相見，也應當能認得出的。」

厲真真道：「我賭他們每個人都能接得住你出手的三招！」

謝曉峰道：「每個人？」

厲真真道：「每個人！只要有一個人接不住，就算我輸了！」

她也淡淡的笑了笑：「這麼樣賭，也許不能算很公平，因爲你既然在出手三招間就已盡了全力，戰到最後一兩個人時，力氣只怕就不濟了。」

謝曉峰道：「高手相爭，不是犀牛之鬥，用的是技，不是力。」

厲真真眼睛裡發出了光，道：「那麼你肯賭？」

謝曉峰道：「我今天本就是想來大賭一場的，還有什麼賭法，能比這種賭得更痛快？」

他仰面而笑，道：「能夠在一日之內，會盡七大劍派門下的高足，無論是勝是敗，都足以快慰生平了。」

厲真真道：「好，謝曉峰果然不愧是謝曉峰。」

謝曉峰道：「你是不是準備第一個出手？」

厲真真道：「我知道三少爺一向不屑與女人交手，我怎麼敢爭先？何況……」

她微笑，接著道：「高手相爭，雖然用的是技，不是力，力弱者還是難免要吃虧的，這些位師兄怎麼會讓我吃虧？」

謝曉峰笑道：「說得有理。」

厲真真嫣然道：「女人們在男人面前，多多少少總是有點不講理的，所以就算我說錯了，大家也絕不會怪我？」

歐陽雲鶴、秦獨秀、梅長華、田在龍、吳濤、黎平子，還是默默的站在那裡，也不知是不是因爲他們要說的話，都已被厲真真說了出來。

謝曉峰看著他們，道：「第一位出手的是誰？」

一個人慢慢的走出來，道：「是我。」

謝曉峰嘆了口氣，道：「我就知道一定是你。」

這個人當然是歐陽雲鶴。

武當畢竟是名門正宗，在這種情況下，他怎麼能畏縮退後？

謝曉峰又嘆道：「第一個出來的若不是你，我也許會很失望，第一個出來的是你，我也很失望。」

歐陽雲鶴道：「失望？」

謝曉峰道：「據說崆峒近來又新創出一種劍法，神秘奇險，我本以爲崆峒弟子會跟你爭一爭先的。」

無論誰都聽得出他的話中有刺，只有秦獨秀卻像是完全聽不出。

歐陽雲鶴道：「崆峒武當，本屬一脈，是誰先出來都一樣！」

謝曉峰慢慢的點了點頭，緩緩道：「不錯，是誰先出手都一樣！」

說到「出手」兩個字時，他已經先出手了。

吳濤本來站得最遠，他的身子一閃，已拔出了吳濤腰上的佩劍。

說到最後一個字時，他已到了秦獨秀面前，忽然側轉劍鋒，將劍柄交給了秦獨秀。

秦獨秀怔了怔，只有接過這把劍，誰知謝曉峰又已閃電般出手，拔出了他的劍。

劍光一閃，已到了秦獨秀眉睫間。

秦獨秀居然臨危不亂，反手揮劍，迎了上去。

只聽「嗆」的一聲龍吟，一柄劍被震得脫手飛出，沖天飛起。

劍光青中帶藍，正是以緬鐵之英練成的青雲劍。

這種劍一共只有七柄，是點蒼七劍專用的，只不過現在卻已到了秦獨秀手裡，又從秦獨秀手裡被震飛了出去。

等到劍光消失時，這柄劍居然又到了謝曉峰手裡，秦獨秀的劍，卻又回入了秦獨秀自己腰畔的劍鞘。每個人都看得怔住了，秦獨秀自己更是面如死灰。

對他來說，剛才這一剎那間發生的事，簡直就像是場噩夢。

這場噩夢卻又偏偏是真的。

謝曉峰再也不看他一眼，走過去，走到吳濤面前，道：「這是你的劍。」

他用兩隻手將劍捧了過去，吳濤只有接住，接劍的手已在顫抖，忽然長長嘆了口氣，黯然道：「不必出手，我已敗了。」

厲真真道：「你真的承認敗了？」

# 四十 預謀在先

吳濤慢慢的點了點頭，道：「你放心，我們的約會，我絕不會忘記。」

厲真真道：「我相信。」

吳濤面對謝曉峰，彷彿想說什麼，卻連一個字都沒有說，就頭也不回的走了出去。

謝曉峰道：「好，勝就是勝，敗就是敗，點蒼門下，果然是君子。」

黎平子忽然冷冷道：「幸好我不是君子。」

謝曉峰道：「不是君子有什麼好？」

黎平子道：「就因爲我不是君子，所以絕不會搶著出手。」

他的獨眼閃閃發光，醜陋的臉上露出了詭笑：「最後一個出手的人，不但以逸待勞，而且也已將你的劍法摸清了，就算不能將你刺殺於劍下，至少總能接住你三招。」

謝曉峰道：「你的確不是君子，你是個小人。」

他居然在微笑：「可是真小人至少總比僞君子好，真小人還肯說老實話。」

梅長華忽然冷笑，道：「那麼最吃虧的就是我這種人了。」

謝曉峰道：「爲什麼？」

梅長華道：「我既不是君子，也不是小人，雖不願爭先，也不願落後。」

他慢慢的走出來，盯著謝曉峰：「這次你準備借誰的劍？」

謝曉峰道：「你的。」

對某些人來說，劍只不過是一把劍，是一種用鋼鐵鑄成的，可以防身，也可以殺人的利器。可是對另外一些人來說，劍的意義就完全不一樣了，因爲他們已將自己的一生奉獻給他們的劍，他們的生命已與他們的劍融爲一體。

因爲只有劍，才能帶給他們聲名、財富、榮耀，也只有劍，才能帶給他們恥辱和死亡。

劍在人在，劍亡人亡。對他們來說，劍不僅是一柄劍，也是他們唯一可以信任的夥伴，劍的本身，就已有了生命，有了靈魂，如果說他們寧可失去他們的妻子，也不願失去他們的劍，那絕不是誇張，也不太過份。

吳濤就是這種人。他認爲無論在什麼情況下失去自己的劍，都是無法原諒的過錯，無法洗雪的恥辱，所以他失劍之後，就再也沒有臉留在這裡。梅長華也是這種人。

有了吳濤的前車之鑒，他對自己的劍，當然防範得特別小心。

現在謝曉峰卻當著他的面，說要借他的劍。

梅長華笑了，大笑。他的手緊握劍柄，手背上的青筋已因用力而一根根凸起。沒有人能從他手上奪下這柄劍，除非連他的手一起砍下來！

他對自己絕對有信心，但是他低估了謝曉峰。

就在他開始笑的時候，謝曉峰已出手。

沒有人能形容他這出手一擊的速度，也沒有人能形容這一著的巧妙和變化。他的目標卻不是梅長華的劍，而是梅長華的眼睛。

梅長華閃身後退，反手拔劍。拔劍也是劍術中極重要的一環，華山弟子對這一點從未忽視。

梅長華的拔劍快，出手更快，劍光一閃，已在謝曉峰左脅下。

誰知就在這一刹那間，他的肘忽然被人輕輕一托，整個人都失去重心，彷彿將騰雲駕霧般飛起。

等他在拿穩重心時，他的劍已到了謝曉峰手裡。

這不是奇蹟，也不是魂法。這正是謝家三少爺的無雙絕技「偷天換日奪劍式」。

看起來他用的手法並不複雜，可是只要他使出來，就從未失手過一次。

梅長華的笑容僵硬，在他的臉上凝結成一種奇特而詭秘的表情。

忽然間，一聲龍吟響起，彷彿來自天外。一道劍光飛起，盤旋在半空中，忽然閃電般凌空下擊。這正是崑崙名震天下的「飛龍九式」，劍如神龍，人如臥雲，這一劍下擊之力，絕沒有任何一門一派的任何一劍可以比得上。

可惜他的對象是謝曉峰。

謝曉峰的劍就像是一陣風，無論多強大的力量，在風中都必將消失無蹤。

等到這一劍的力量消失時，就覺得有一陣風輕輕吹到他身上。

風雖然輕，卻冷得徹骨。他全身的血液都彷彿已被凍結，他的人就從半空中重重的跌在地上。

風停了。

人的呼吸也似乎已停止。也不知過了多久，歐陽雲鶴才長長嘆息了一聲，道：「果然是天下無雙的劍法。」

厲真真冷冷的接著道：「只可惜出手並不正，以謝家三少爺的身分，本不該如此取巧的。」

簡傳學忽然道：「他受了傷，在你們七位高手的環伺之下，當然要速戰速決，出奇制勝！」

厲真真道：「你也懂得劍？」

簡傳學道：「我不懂劍，這道理我卻懂。」

他忽然也嘆了口氣，慢慢的接著道：「其實他本來並不一定要勝的，只可惜他是謝曉峰，只要他活著一天，就只許勝，不許敗！因爲他絕不能讓神劍山莊的聲名，毀在他手上。」

厲真真忽然笑了，道：「有理，說得有理，謝家的三少爺，本來就絕對不能敗的。」

簡傳學道：「他若不敗，你就要敗了，你高興什麼？」

厲真真道：「你不懂？」

簡傳學道：「我不懂。」

厲真真嫣然道：「想不到世上居然還有你不懂的事。」

她臉上的表情就像是黃梅月的天氣般陰晴莫測，笑容剛露，又板起了臉：

「你既然不懂，我爲什麼要告訴你？」

黎平子忽然大聲道：「我告訴你！」

厲真真的臉色又變了，搶著道：「你們說過的話，算數不算數？」

黎平子道：「我們說過什麼話？我早就忘了。」

歐陽雲鶴道：「我沒有忘。」

他的態度嚴肅而沉重：「我們答應過她的，勝負未分前，絕不說出這其中的秘密。」

厲真真鬆了口氣，道：「幸好你是個守約守信的君子。」

黎平子冷冷道：「他是君子，他要守約守信，是他的事，我只不過是個小人，小人說出來的話都可以當做放屁。」

他的手已握緊了劍柄：「我有屁要放的時候，誰想攔住我都不行。」

謝曉峰目光閃動，微笑道：「放屁也是人生大事之一，我保證絕沒有人會攔住你。」

黎平子道：「那就好極了。」

他的獨眼閃閃發光，接著道：「這次我們來跟你賭劍，都是她找來的。」

謝曉峰道：「我想得到。」

黎平子道：「但你絕對想不到，她跟我們每個人也都打了個賭。」

謝曉峰道：「賭什麼？」

黎平子道：「她賭我們六個人全都接不住你的三招。」

謝曉峰道：「所以她若輸給了我，就反而贏了你們。」

黎平子道：「她只輸給你一個人，卻贏了我們六個人，她贏的遠比輸的多得多。」

厲真真又笑了，嫣然道：「其實你們早就知道，吃虧的事，我是絕不會做的。」

謝曉峰道：「她跟你們賭的是什麼？」

黎平子道：「你知不知道天尊？」

謝曉峰苦笑，道：「我知道。」

黎平子道：「近來天尊的勢力日益龐大，七大劍派已不能坐視，老一輩的人多已閉關不出，我們這一代的弟子，就決議要在泰山聚會，組成七派聯盟。」

謝曉峰道：「這是個好主意。」

黎平子道：「在那一天，我們當然還得推出一位主盟的人。」

謝曉峰道：「你們若是輸給了她，就得要推她爲盟主？」

黎平子道：「一點也不錯。」

厲真真柔聲道：「就算你們推我做了盟主，又有什麼不好！」

黎平子道：「只有一點不好。」

厲真真道：「哪一點？」

黎平子道：「你太聰明了，我們若是推你做了盟主，這泰山之盟，只怕就要變成第二個天尊。」

厲真真道：「現在崑崙、華山、崆峒、點蒼，都已在片刻之間，慘敗在三少爺的劍下，你難道有把握能接得住他三招？」

黎平子道：「我沒有。」

他冷笑，接著道：「就因爲我沒有把握，所以早已準備對這次賭約當放屁。」

厲真真嘆了口氣，道：「其實我也早就知道你是個言而無信的小人，幸好別人都不是的。」

歐陽雲鶴忽然道：「我也是的。」

厲真真這才真的吃了一驚，失聲道：「你？你也像他一樣？」

歐陽雲鶴臉色更沉重，道：「我不能不這麼做，江湖中已不能再出現第二個天尊。」

他慢慢的走過去走到黎平子身旁。

黎平子大笑，拍他的肩，道：「現在你雖然已不能算是真正的君子，卻是個真正的男子漢了。」

歐陽雲鶴嘆了口氣，喃喃道：「也許我本來就不是君子。」

這句話還沒有說完，他已出手，一個肘拳打在黎平子右肋上。

肋骨碎裂的聲音剛響起，利劍已出鞘。

劍光一閃，鮮血四濺。黎平子獨眼中的眼珠子都似已凸了出來，瞪著歐陽雲鶴。到現在他才知道歐陽雲鶴和厲真真是站在一邊的。到現在他才知道誰是真正的小人。

可是現在已太遲了。

劍尖還在滴著血。

秦獨秀、梅長華、田在龍，臉上卻已完全沒有血色。

歐陽雲鶴冷冷的看著他們，緩緩道：「我歐陽雲鶴平生最恨的，就是這種言而無信的小人，只恨不得要他們一個個全都死在我的劍下，各位若認爲我殺錯了，我也不妨以死謝罪。」

厲真真柔聲道：「他們都知道你的爲人，絕不會這麼想的。」

歐陽雲鶴道：「勝就是勝，敗就是敗，各位都是君子，當然絕不會食言背信。」

田在龍忽然大聲道：「我不是君子，現在我只要一聽到這個字，就覺得說不出的噁心。」

歐陽雲鶴沉下臉，道：「那麼田師兄的意思是——」

田在龍道：「我沒有什麼意思，只不過泰山我已不想去了，你們隨便要推什麼人做盟主，都已經跟我沒關係。」

秦獨秀道：「你不去，我也不去。」

梅長華道：「我更不會去。」

田在龍精神一振道：「好，我們一起走，有誰能攔得住我們！」

三個人並肩大步，走了出去。田在龍走在中間，梅長華、秦獨秀，一左一右，忽然往中間一夾。等到他們再分開時，田在龍的左右兩脅，都已有一股鮮血流了出來。他掙扎著，想拔劍。

劍未出鞘，他的人已倒下。

「你們好狠！」

這就是他說的最後四個字，最後一句話。

沒有聲音，很久都沒有聲音。

每個人都在看著謝曉峰，每個人都等著看他的反應。

謝曉峰卻在看著自己手裡的劍，那本是梅長華的劍。

梅長華忽然道：「這是柄好劍？」

謝曉峰道：「是好劍。」

梅長華道：「這柄劍在華山世代相傳，已有三百年，從來沒有落在外人手裡。」

謝曉峰道：「我相信。」

梅長華道：「你若認為我剛才不該殺了田在龍，不妨用這柄劍來殺了我，我死而無怨。」

謝曉峰道：「他本就該死，我更該死，因為我們都看錯了人。」

他的手輕撫劍鋒，慢慢的抬起頭：「現在點蒼的吳濤已經負氣而走，海南的黎平子也被殺了滅口，田在龍一死，崑崙門下都在你們掌握之中，泰山之會當然已是你們的天下。」

歐陽雲鶴沉聲道：「這麼樣的結果，本來就在我們計劃之中。」

謝曉峰道：「你們當然也早已知道我是個快死了的人。」

歐陽雲鶴道：「我們的確早已知道你最多只能再活三天。」

厲真真嘆了口氣，道：「江湖中的消息，本就傳得極快，何況是你的消息？」

謝曉峰道：「你們當然也看得出，剛才我一出手，創口就已崩裂。」

厲真真道：「我們就算看不出，也能想得到。」

謝曉峰道：「所以你們都認為，像我這麼樣一個人，本不該再管別人的閒事。」

歐陽雲鶴道：「但是我們還是同樣尊敬你，不管你是生是死，都已保全了神劍山莊的威名。」

厲真真道：「至少我們都已承認敗了，是敗在你手下的。」

謝曉峰道：「我知道，這一點我也很感激，只可惜你們忘了一點。」

厲真真道：「哪一點？」

謝曉峰道：「有我在這裡，田在龍和黎平子本不該死的。」

厲真真道：「因爲你覺得你應該可以救他們？」

謝曉峰道：「不錯。」

厲真真道：「所以你覺得你雖然沒有殺他們，他們卻無異因你而死？」

謝曉峰道：「是的。」

厲真真道：「所以你想替他們復仇？」

謝曉峰道：「也許並不是想爲他們復仇，只不過是想求自己的心安。」

厲真真道：「我明白你的意思，你反正要死了，就算死在我們劍下，也死得心安理得，問心無愧。」

她輕輕的嘆了口氣，慢慢的接著道：「只可惜你還有很多事都不知道。」

謝曉峰道：「哦？」

厲真真道：「你只不過看見了這件事表面上的一層，就下了判斷，內中的真相，你根本就不想知道，你連問都沒有問。」
謝曉峰道：「我應該問什麼？」
厲真真道：「至少你應該問問，黎平子和田在龍是不是也有該死的原因。」
謝曉峰道：「他們該死？」
厲真真道：「當然該死！」
歐陽雲鶴道：「絕對該死！」
謝曉峰道：「爲什麼？」
厲真真道：「因爲他們不死，我們的七派聯盟，根本就無法成立。」
歐陽雲鶴道：「因爲他們不死，死的人就要更多了。」
厲真真道：「黎平子偏激任性，本就是成事不足，敗事有餘的人。」
歐陽雲鶴道：「我們要成大事，就不能不將這種人犧牲。」
厲真真道：「我對他的死，還有點難受，可是田在龍……」
歐陽雲鶴道：「田在龍就算再死十次，也是罪有應得的。」
謝曉峰道：「爲什麼？」
厲真真道：「因爲他本來就是個奸細！」
謝曉峰道：「奸細？」

厲真真笑了。

她在笑，卻比不笑的時候更嚴肅：「你不知道奸細是什麼意思，奸細就是種會出賣人的人。」

謝曉峰道：「他出賣了誰？」

厲真真道：「他出賣了我們，也出賣了自己。」

謝曉峰道：「買主是誰？」

厲真真道：「是天尊。當然是天尊。」

厲真真道：「你應該想得到的，只有天尊，才有資格收買田在龍這種人。」

謝曉峰道：「你有證據？」

厲真真道：「你想看證據？」

謝曉峰道：「我想。」

厲真真道：「證據就在這裡。」

她忽然轉過身，伸出了一根手指。

她的手指纖細柔美，但是現在看起來卻像是一柄劍，一根針。

她指著的竟是簡傳學。

「這個人就是證據。」

簡傳學還是很鎮定，臉色卻有點變了。

厲真真道：「你是謝家的三少爺，你是天下無雙的劍客，你當然不會是個笨蛋。」

謝曉峰當然不會承認自己是個笨蛋，也不能承認。

厲真真道：「那麼你自己爲什麼不想想，我們怎麼會知道你最多只能活三天的？」

謝曉峰不必想。

——這件事遲早總會有人知道的，天下人都會知道。

——可是知道這件事的人，直到現在還沒有太多。

——有什麼人最清楚這件事？

——有什麼人最了解謝曉峰這兩天會到哪裡去？

謝曉峰笑。

## 四一 看輕生死

他在笑，可是任何人卻不會認爲他是真的在笑。

他在看著簡傳學。

簡傳學垂下了頭。

「是的，是我說的。」

「我是天尊的人，田在龍也是。」

「是我告訴田在龍的，所以他們才會知道。」

這些話他沒有說出來，也不必說出來。

「我看錯了你。」

「我把你當做朋友，就是看錯了。」

這些話謝曉峰也沒有說出來，更不必說出來。謝曉峰只說了四個字。

「我不怪你。」

簡傳學也只問了他一句話：「你真的不怪我？」
謝曉峰道：「我不怪你，只因爲你本來並不認得我。」
簡傳學沉默了很久，才慢慢的說：「是的，我本來不認得你，一點都不認得。」
這是很簡單的一句話，卻有很複雜的意思。
——不認得的意思，就是不認識。
——不認識的意思，就是根本不知道你是個什麼樣的人。
謝曉峰了解他的意思，也了解他的心情。
所以謝曉峰只說了三個字！
「你走吧。」
簡傳學走了，垂著頭走了。
他走了很久，歐陽雲鶴才長長嘆了口氣，道：「謝曉峰果然不愧是謝曉峰。」
這也是很簡單的一句話，而且很俗。
可是其中包含的意思既不太簡單，也不太俗。
厲真真也嘆了口氣，輕輕的、長長的嘆了口氣，道：「如果我是你，絕不會放他走的。」

謝曉峰道：「你不是我。」

厲真真道：「你也不是我，也不是歐陽雲鶴、梅長華、秦獨秀。」

謝曉峰當然不是。

厲真真道：「就因爲你不是，所以你才不了解我們。」

歐陽雲鶴道：「所以你才會覺得我們不該殺了黎平子和田在龍的。」

厲真真道：「我們早已決定了，只要能達到目的，絕不擇任何手段。」

歐陽雲鶴道：「我們的目的只有八個字。」

謝曉峰還沒有問，厲真真已說了出來！

「對抗天尊，維護正義。」

她接著又道：「也許我們用的手段不對，我們想做的事卻絕沒有什麼不對。」

梅長華道：「所以你若認爲我們殺錯了人，不妨就用這柄劍來殺了我們。」

歐陽雲鶴道：「我們非但絕不還手，而且死無怨恨！」

厲真真道：「我是個女人，女人都比較怕死，可是我也死而無怨。」

謝曉峰手裡有劍。無論是什麼人的劍，無論是什麼劍，到了謝家三少爺的手裡，就是殺人的劍！

無論什麼樣的人都能殺，問題只不過是在——

這個人該不該殺！

黃昏。有霧。

黃昏本不該有霧，卻偏偏有霧。夢一樣的霧。

人們本不該有夢，卻偏偏有夢。

謝曉峰走入霧中，走入夢中。

是霧一樣的夢？還是夢一樣的霧？

如果說人生本就如霧如夢？這句話是太俗，還是太真？

「我們都是人，都是江湖人，所以你應該知道我們爲什麼要這樣做。」

這是厲真真說的話。所以他沒有殺厲真真，也沒有殺梅長華、秦獨秀和歐陽雲鶴。

因爲他知道這是真話。

江湖中本就沒有絕對的是非，江湖人爲了要達到某種目的，本就該不擇手段。

他們要做一件事的時候，往往連他們自己都沒有選擇的餘地。

沒有人願意承認這一點，更沒有人能否認。

這就是江湖人的命運，也正是江湖人最大的悲哀。

江湖中永遠都有厲真真這種人存在的，他殺了一個厲真真又如何！又能改變什麼？

「我們選她來作盟主，因爲我們覺得只有她才能對付天尊慕容秋荻。」

這句話是歐陽雲鶴說的。這也是真話。

他忽然發覺厲真真和慕容秋荻本就是同一類的人。

這種人好像天生就是贏家，無論做什麼事都會成功的。

另外還有些人卻好像天生就是輸家，無論他們已贏了多少，到最後還是輸光爲止。

他忍不住問自己：「我呢？我是種什麼樣的人？」

他沒有答覆自己，這答案他根本就不想知道。

霧又冷又濃，濃得好像已將他與世上所有的人都完全隔絕。

這種天氣正適合他現在的心情，他本就不想見到別的人。

可是就在這時候，濃霧中卻偏偏有個人出現了。

簡傳學的臉色在濃霧中看來，就像是個剛剛從地獄中逃脫的幽靈。

謝曉峰嘆了口氣：「是你。」

簡傳學道：「是我。」

他的聲音嘶啞而悲傷：「我知道你不願再見我，可是我非來不可。」

謝曉峰道：「爲什麼？」

簡傳學道：「因爲我心裡有些話，不管你願不願意聽，我都非說出來不可。」

謝曉峰看著他慘白的臉，終於點了點頭，道：「你一定要說，我就聽。」

簡傳學道：「我的確是天尊的人，因爲我無法拒絕他們，因爲我還不想死。」

謝曉峰道：「我明白，連田在龍那樣的人都不能拒絕他們，何況你！」

簡傳學道：「我跟他不同，他學的是劍，我學的是醫，醫道是濟世救人的，將人的性命看得比什麼都重。」

謝曉峰道：「我明白。」

簡傳學道：「我投入天尊只不過才幾個月，學醫卻已有二十年，對人命的這種看法，早已在我心裡根深柢固。」

謝曉峰道：「我相信。」

簡傳學道：「所以不管天尊要我怎麼做，我都絕不會將人命當兒戲，只要是我的病人，我一定會全心全力去爲他醫治，不管他是什麼人都一樣。」

他凝視著謝曉峰：「就連你都一樣。」

謝曉峰道：「只可惜我的傷確實已無救了。」

簡傳學黯然道：「只要我覺得還有一分希望，我都絕不會放手。」

謝曉峰道：「我知道你已盡了力，我並沒有怪你。」

簡傳學道：「田在龍的確也是天尊的人，他們本來想要我安排，讓他殺了你！」

謝曉峰笑了：「這種事也能安排？」

簡傳學道：「別人不能，我能。」

謝曉峰道：「你怎麼安排？」

簡傳學道：「只要我在你傷口上再加一點腐骨的藥，你遇見田在龍時，就會連還擊之力都沒有了，只要我給他一點暗示，他就出手。」

他搶先接著道：「無論誰能擊敗謝家的三少爺，都必將震動江湖，名重天下，何況他們之間還有賭約。」

謝曉峰道：「誰殺了謝曉峰，誰就是泰山之會的盟主？」

簡傳學道：「不錯。」

謝曉峰道：「田在龍若能在七大劍派的首徒面前殺了我，厲真真也只有將盟主的寶座讓給他，那麼七大劍派的聯盟，也就變成了天尊的囊中物。」

簡傳學道：「不錯。」

謝曉峰輕輕嘆了口氣，道：「只可惜你並沒有這麼樣做。」

簡傳學道：「我不能這麼樣做，我做不出。」

謝曉峰道：「因為醫道的仁心，已經在你心裡生了根。」

簡傳學道：「不錯。」

謝曉峰道：「現在我只有一點還想不通。」

簡傳學道：「哪一點？」

謝曉峰道：「厲真真他們怎麼會知道我最多只能再活三天的？這件事本該只有天尊的人知道。」

簡傳學的臉色忽然變了，失聲道：「難道厲真真也是天尊的人？」

謝曉峰看著他，神情居然很鎮定，只淡淡的問道：「你真的不知道她也是天尊的人？」

簡傳學道：「我……」

謝曉峰道：「其實你應該想得到的，高手著棋，每個子後面，都一定埋伏著更厲害的殺手，慕容秋荻對田在龍這個人本就沒把握，在這局棋中，她真正的殺著本就是厲真真。」

簡傳學道：「你早已想到了這一著？」

謝曉峰微笑，道：「我並不太笨。」

簡傳學鬆了口氣，道：「那麼你當然已經殺了她。」

謝曉峰道：「我沒有。」

簡傳學臉色又變了，道：「你爲什麼放過了她？」

謝曉峰道：「因爲只有她才能對付慕容秋荻。」

簡傳學道：「可是她……」

謝曉峰道：「現在她雖然還是天尊的人，可是她絕不會久居在慕容秋荻之下，泰山之會正是她最好的機會，只要她一登上盟主的寶座，就一定會利用她的權力，全力對付天尊。」

他微笑，接著道：「我了解她這種人，她絕不會放過這種機會的。」

簡傳學的手心在冒汗。他並不太笨，可是這種事他連想都沒有想到。

謝曉峰道：「慕容狄荻一直在利用她，卻不知道她也一直在利用慕容秋荻，她投入天尊，也許就是爲了要利用天尊的力量，踏上這一步。」

他嘆了口氣，又道：「慕容秋荻下的這一著棋，就像是養條毒蛇，毒蛇雖然能制人於死，可是隨時都可能回過頭去反噬一口的。」

簡傳學道：「這一口也能致命？」

謝曉峰道：「她能夠讓慕容秋荻信任她，當然也能查出天尊的命脈在哪裡，這一口若是咬在天尊的命脈上，當然咬得不輕。」

簡傳學道：「可是百足之蟲，死而不僵，她若想一口致命，只怕還不容易。」

謝曉峰道：「所以我們正好以毒攻毒，讓他們互相殘殺，等到他們精疲力竭的時候，別的人就可以取而代之了。」

簡傳學道：「別的人是什麼人？」

謝曉峰道：「江湖中每一代都有英雄興起，會是什麼人？誰也不知道！」

他長長嘆了口氣：「這就是江湖人的命運，生活在江湖中，就像是風中的落葉，水中的浮萍，往往都是身不由主的，我們只要知道，七派聯盟和天尊都必敗無疑，也就足夠了，又何必問得太多。」

簡傳學沒有再問。他不是江湖人，不能了解江湖人，更不能了解謝曉峰。他忽然發現這個人不但像是浮萍落葉那麼樣飄浮不定，而且還像是這早來的夜霧一樣，虛幻、縹緲、不可捉摸。

這個人有時深沉，有時灑脫，有時憂鬱，有時歡樂，有時候寬大仁慈，有時候卻又會忽然變得極端冷酷無情。簡傳學從未見過性格如此複雜的人。

也許就因爲他這種複雜多變的性格，所以他才是謝曉峰。

簡傳學看著他，忽然嘆了口氣，道：「我這次來，本來還有件事想告訴你。」

謝曉峰道：「什麼事？」

簡傳學道：「我雖然不能治你的傷，你的傷卻並不是絕對無救。」

謝曉峰的臉上發出了光。

一個人如果還能夠活下去，誰不想活下去？

他忍不住問：「還有誰能救我？」

簡傳學道：「只有一個人。」

謝曉峰道：「誰？」

簡傳學道：「他也是個很奇怪的人，也像你一樣，變化無常，捉摸不定，有時候甚至也像你一樣冷酷無情。」

謝曉峰不能否認，只能嘆息。

最多情的人，往往也最無情，他究竟是多情？還是無情？

這連他自己也分不清。

簡傳學看著他，忽又嘆口氣，道：「不管這個人是誰，現在你都已永遠找不到他了。」

謝曉峰一向不怕死。每個人在童年時都是不怕死的，因為那時候誰都不知道死的可怕。

尤其是謝曉峰。他在童年時就已聽過了很多英雄好漢的故事，英雄好漢們總是不怕死的。

英雄不怕死，怕死非英雄。就算「卡嚓」一聲，人頭落下，那又算得了什麼？反正二十年後又是一條好漢。

這種觀念也已在他心裡根深柢固。等到他成年時，他更不怕死了，因爲死的通常總是別人，不是他。

只要他的劍還在他掌握之中，那麼「生死」也就在他的掌握之中。

他雖然不是神，卻可以掌握別人的生存或死亡。他爲什麼要怕死？有時他甚至希望自己也能嚐一嚐死亡的滋味，因爲這種滋味他從未嚐試過。

謝曉峰也不想死。他的家世輝煌，聲名顯赫，無論走到哪裡，都會受人尊敬。在他很小的時候，他就知道這一點。他聰明，在他四歲的時候，就已被人稱爲神童。他可愛，在女人們眼中，他永遠是最純真無邪的天使，不管是在貴婦人或洗衣婦的眼中都一樣。

他是學武的奇才。別人練十年還沒有練成的劍法，他在十天之內就可以精進熟練。

他這一生從未敗過。

跟他交過手的人，有最可怕的劍客，也有最精明的賭徒。可是他從未輸過。賭劍、賭酒、賭骰子，無論賭什麼，他都從未敗過。像這麼樣一個人，他怎麼會想死？

他不怕死，也許只因爲他從未受到過死的威脅。直到那一天，那一個時刻，他聽到有人說，他最多只能再活三天。在那一瞬間，他才知道死的可怕。雖然他還是不想死，卻已無能爲力。

一個人的生死，本不是由他自己決定的，無論什麼人都一樣。他了解這一點。所以他雖然明知自己要死了，也只有等死。因爲他也一樣無可奈何。

但是現在的情況又不同了。

一個人在必死時忽然有了可以活下去的希望，這希望又忽然在一瞬間被人扼斷，這種由極端興奮而沮喪的過程，全都發生在一瞬間。

這種刺激有誰能忍受？

簡傳學動也不動的站在那裡，彷彿已在等著謝曉峰扼斷他的咽喉。

——你不讓我活下去，我當然也不想讓你活下去。

這本是江湖人做事的原則，這種後果他已準備承受。

想不到謝曉峰也沒有動，只是靜靜的站著，冷冷的看著他。

簡傳學道：「你可以殺了我，可是你就算殺了我，我也不會說。」

他的聲音已因緊張而顫抖：「因爲現在我才真正了解你是個什麼樣的人。」

謝曉峰道：「我是個什麼樣的人？」

簡傳學道：「你遠比任何人想像中的都無情。」

謝曉峰道：「哦？」

簡傳學道：「你連自己的生死都不放在心上，當然更不會看重別人的生命。」

謝曉峰道：「哦？」

簡傳學道：「只要你認爲必要時，你隨時都可以犧牲別人的，不管那個人是誰都一樣。」

謝曉峰忽然笑了笑，道：「所以我活著還不如死了的好。」

簡傳學道：「我並不想看著你死，我不說，只因爲我一定要保護那個人。」

# 四二　絕處逢生

謝曉峰不懂：「為了保護他？」

簡傳學道：「我知道他一定會救你，可是你若不死，他就一定會死在你手裡。」

謝曉峰道：「為什麼？」

簡傳學道：「因為你們兩個人只要見了面，就一定有個人要死在對方劍下，死的那個人當然絕不會是你。」

他慢慢的接著道：「因為我知道你無論在任何情況下，都絕不會認輸的，因為謝家的三少爺只要還活著，就絕不能敗在別人的劍下！」

謝曉峰沉思著，終於慢慢的笑了笑，道：「你說的不錯，我可以死，卻絕不能敗在別人的劍下。」

他遙望遠方，長長吐出口氣，道：「因為我是謝曉峰！」

這句話很可能就是他說的最後一句話，因爲現在很可能已經是他的最後一天了。

他隨時都可能倒下去。因爲他說完了這句話，就頭也不回的走了。雖然他明知道這一走就再也不會找到能夠讓他活下去的機會。

可是他既沒有勉強，更沒有哀求。就像是揮了揮手送走一片雲霞，既沒有感傷，也沒有留戀。

因爲他雖然不能敗，卻可以死！

夜色漸深，霧又濃，簡傳學看著他瘦削而疲倦的背影，漸漸消失在濃霧裡。

他居然沒有回過頭來再看一眼。

——一個人對自己都能如此無情，又何況對別人？

簡傳學握緊雙拳，咬緊牙關：「我不能說，絕不能說……」

他的口氣很堅決，可是他的人已衝了出去，放聲大呼——

「謝曉峰，你等一等。」

霧色淒迷，看不見人，也聽不見回應。他不停的奔跑、呼喊，直到他倒下去的時候。

泥土是潮濕的，帶著種淚水般的鹹。他忽然看見了一雙腳。

謝曉峰就站在他面前，垂著頭，看著他。

簡傳學沒有站起來，流著淚道：「我不能說，只因爲我若說出來，就對不起他。」

謝曉峰道：「我明白。」

簡傳學道：「可是我不說，又怎麼能對得起你？」

他絕不能看著謝曉峰去死。

他絕不能見死不救。

這違背了這二十年來他從未曾一天忘記過的原則。

他全身都已因內心的痛苦掙扎而扭曲：「幸好我總算想到了一個法子。」

「什麼法子？」

「只有這法子，才能讓我自己心安，也只有這法子，才能讓我永遠保守這秘密。」

他的刀刺入懷裡。

微弱的刀光在輕輕濃霧中一閃。

一柄薄而鋒利的短刀，七寸長的刀鋒已完全刺入了他的心臟。

一個人如果還有良心，通常都寧死也不肯做出違背良心的事。他還有良心。

濃霧、流水。河岸旁荻花瑟瑟。河水在黑暗中默默流動，河上的霧濃如煙。

淒涼的河，淒涼的天氣。

謝曉峰一個人坐在河岸旁、荻花間，流水聲輕得就像是垂死者的呼吸。他在聽著流水，也在聽著自己的呼吸。

流水是永遠不會停下來的，可是他的呼吸卻隨時都可能停頓。

這又是種多麼淒涼的諷刺？

有誰能想得到，名震天下的謝曉峰，居然會一個人孤獨的坐在河岸邊，默默的等死？

死，並不可悲，值得悲哀的，是他這種死法。

他選擇這麼樣死，只因爲他已太疲倦，所有爲生命而掙扎奮鬥的力量，現在都已消失。據說一個人在臨死的時候，總會對自己的一生有很多很奇怪的回憶，有些本已早就遺忘了的事，也會在這種時候重回他的記憶中。

可是他連想都不敢想。現在他只想找個人聊聊，隨便是什麼樣的人都好。他忽然覺得非常寂寞。有時候寂寞彷彿比死更難忍受，否則這世上又怎會有那麼多人爲了寂寞而死？

有風吹過。

濃霧瀰漫的河面上，忽然傳來一點閃動明滅的微弱火花。

不是燈光，是爐火。

一葉孤舟，一隻小小的紅泥火爐，閃動的火光，照著盤膝坐在船頭上的一個老人，青斗笠、綠蓑衣，滿頭白髮如霜。

風中飄來一陣陣苦澀而清冽的芳香，爐上煮的也不知是茶、還是藥？

一葉孤舟，一爐弱火，一個孤獨的老人。對他說來，生命中所有的悲歡離合，想必都已成了過眼的雲煙。他是不是也在等死？

看著這老人，謝曉峰心裡忽然有了種說不出的感觸，忽然站起來揮手。

「船上的老丈，你能不能把船搖過來？」

老人彷彿沒聽見，卻聽見了，他問：「你要幹什麼？」

謝曉峰道：「你一個人坐在船上發呆，我一個人坐在岸上發呆，我們兩個人爲什麼不坐在一起聊聊，也好打發這漫漫長夜。」

老人沒有開口，可是「欸乃」一聲，輕舟卻已慢慢的溜過來。

謝曉峰笑了。

在這又冷又潮的濃霧裡，他們相見覺得有種說不出的溫暖。

爐火上的小銅壺裡，水已沸了，苦澀清冽的香氣更濃。

謝曉峰道：「這是茶？還是藥？」

老人道：「是茶，也是藥，」

他看著閃動明滅的火花，衰老的臉上帶著很奇怪的表情，慢慢的接著道：「你還年輕，也許還沒懂得領略苦茶的滋味。」

謝曉峰道：「可是我早就已知道，一定要苦後才會有餘甘。」

老人回過頭，看著他，忽然笑了，臉上每一條皺紋裡都已有了笑意。

然後他就提起銅壺，道：「好，你喝一杯。」

謝曉峰道：「你呢？」

老人道：「我不喝。」

謝曉峰道：「爲什麼？」

老人瞇著眼，緩緩道：「因爲世上各式各樣的苦味，我都已嚐夠了。」這本是句很淒涼的話，可是從他嘴裡淡淡的說出來，卻又別有一番滋味。

謝曉峰道：「你既然不喝，爲什麼要煮茶？」

老人道：「煮茶的人，並不一定是喝茶的人。」

他瞇著的眼睛裡彷彿也有火光在閃動，慢慢的接著道：「世上有很多事都是這樣子的，你還年輕，當然還不明白。」

謝曉峰接過已斟滿苦茶的杯子，幾乎忍不住要笑了出來。

他沒有笑，他也不想爭辯。

被別人看成是個年輕人也並沒有什麼不好，不好的是這個年輕人已經快死了。

茶還是滾熱的，盛茶的粗碗很小，他一口就喝了下去。無論喝茶還是喝酒，他都喝得很快，無論做什麼，他都做得很快。這是不是因爲他早已感覺到自己的生命也一定會結束得快？

他終於忍不住笑了，忽然道：「有句話我若說出來，你一定會大吃一驚。」

老人看著他充滿譏誚的笑容，等著他說下去。

謝曉峰道：「我已經是個快要死的人。」

老人並沒有吃驚，至少連一點吃驚的樣子都沒有露出來。

謝曉峰道：「我說的是真話。」

老人道：「我看得出。」

謝曉峰道：「你不準備趕我下船去？」

老人搖頭。

謝曉峰道：「可是我隨時都會死在這裡，死在你面前。」

老人道：「我見過人死，也見過死人。」

謝曉峰道：「如果我是你，我一定不願讓一個陌生人死在我的船上。」

老人道：「你不是我，你也不會死在我的船上。」

謝曉峰道：「爲什麼？」

老人道：「因爲你遇見了我。」

謝曉峰道：「遇見了你，我就不會死？」

老人道：「是的。」

他的聲音很冷淡，口氣卻很肯定：「你遇見了我，就算想死都不行了。」

謝曉峰道：「爲什麼？」

老人道：「因爲我也不想讓一個陌生人死在我的船上。」

謝曉峰又笑了。

老人道：「你認爲我救不了你？」

我。」

謝曉峰道：「你只看見了我的傷，卻沒有看見我中的毒，所以你才認爲你能救

老人道：「哦？」

謝曉峰道：「我的傷雖然只不過在皮肉上，毒卻已在骨頭裡。」

老人道：「哦？」

謝曉峰道：「沒有人能解得了我的毒。」

老人道：「連一個人都沒有？」

謝曉峰道：「也許還有一個人。」

他拍了拍衣裳站起來，慢慢的接著道：「這個人卻絕不會是你。」

老人道：「所以你想走？」

謝曉峰道：「我只有走。」

老人道：「你走不了的。」

謝曉峰道：「難道我遇見了你，連走都不能走了？」

老人道：「不能。」

謝曉峰道：「爲什麼？」

老人道：「因爲你喝了我一杯苦茶。」

謝曉峰道：「難道你要我賠給你？」

老人道：「你賠不起的。」

謝曉峰又想笑，卻已笑不出。

他忽然發覺手指與腳尖都已完全麻木，而且正在漸漸向上蔓延。

老人道：「你知道你喝下去的是什麼茶？」

謝曉峰搖頭。

老人道：「那是五麻散。」

謝曉峰道：「五麻散？」

老人道：「那本是華佗的秘方，華佗死後，失傳了多年。」

他慢慢的接著道：「可是有個人卻決心要將這種配方的秘密再找出來，他花了十七年的功夫，嚐遍了天下的藥草，甚至不惜用他的妻子和女兒做試驗。」

謝曉峰道：「他成功了？」

老人慢慢的點了點頭，道：「不錯，他成功了，可是他的女兒卻已經變成了瞎子，他的妻子也發了瘋。」

謝曉峰吃驚的看著他，道：「這個人就是你？」

老人道：「這個人不是我，只不過他在跳河之前，將這秘方傳給了我。」

謝曉峰道：「他已跳了河？」

老人道：「你的妻子女兒若是也因你而變成那樣子，你也會跳河的。」

他冷冷的看著謝曉峰，冷冷的問道：「像這麼樣一杯茶，你賠不賠得起？」

謝曉峰道：「我賠不起。」

他苦笑，又道：「只不過我若早知道這是杯什麼樣的茶，也絕不會喝下去。」

老人道：「只可惜現在你已經喝了下去。」

謝曉峰苦笑。

老人道：「所以現在你的四肢一定已經開始麻木，割你一刀，你也絕不會覺得痛的。」

謝曉峰道：「然後呢？」

老人沒有回答，卻慢慢的拿出了個黑色的皮匣。

皮匣扁而平，雖然已經很陳舊，卻又因爲人手的摩擦而顯現出一種奇特的光澤。老人慢慢的打開了這皮匣，裡面立刻閃出了一種淡青的光芒。

刀鋒的光芒。

十三把刀。

十三把形式奇特的刀，有的如鈎鐮，有的如齒鋸，有的狹長，有的彎曲。這十三把刀只有一樣共同的特點——刀鋒都很薄，薄而銳利。老人凝視這十三把刀鋒，衰老的眼睛裡忽然露出比刀鋒更銳利的光芒。

「然後我就要用它們來對付你。」

老人終於回答了謝曉峰的話：「用這十三把刀。」

謝曉峰又坐了下去。那種可怕的痳木，幾乎已蔓延到他全身，只有眼睛還能看得見。

他也在看這十三把刀，他不能不看。

河水靜靜的流動，爐火已漸微弱。

老人拈起柄狹長的刀——九寸長的刀，寬只七分。

「首先我要用這把刀割開你的肉。」老人說：「你那些已經腐爛了的肉。」

「然後呢？」

「然後我就要用這柄刀對付你。」

老人又拈起柄鈎鐮般的刀：「用這柄刀撕開你的血肉。」

「然後呢？」

「然後我就要用這把刀挫開你的骨肉。」

老人又另外選了把刀：「把你骨頭裡的毒刮出來，挖出來，連根都挖出來。」

有人要把你的血肉撕裂，骨頭挫開，謝曉峰居然眼睛都沒有眨一眨。

老人看著他，道：「可是我保證你那時絕不會有一點痛苦。」

謝曉峰道：「就因爲我已喝下了那碗五麻散？」

老人道：「不錯，這就是五麻散的用處。」

謝曉峰道：「只有用這種法子才能解我的毒？」

老人道：「到現在爲止，好像還只有這一種。」

謝曉峰道：「你早就知道我中了這種毒，所以早就替我準備好這種法子？」

老人道：「不錯。」

謝曉峰道：「你怎麼會知道的？」

老人道：「我一直都在盯著你。」

謝曉峰道：「爲什麼？」

老人道：「因爲我要用你的一條命，去換另外一條命。」

謝曉峰道：「怎麼換？」

老人道：「我要你去替我殺一個人。」

謝曉峰道：「去殺什麼人？」

老人道：「一個殺人的人。」

謝曉峰道：「他殺的是些什麼人？」

老人道：「有些是該殺的人，也有些是不該殺的。」

謝曉峰道：「所以他該殺？」

老人道：「不該殺的人，我絕不會要你去殺，你也絕不會去殺！」

他眼睛裡帶著種很奇怪的表情：「我保證你殺了他絕不會後悔的。」

謝曉峰沒有說話。

他忽然覺得那種可怕的痲木，已蔓延他的腦，他的心。

他還能聽見這老人在問：「你想不想死？」

他也聽了他自己的回答：「我不想。」

他最後聽見的聲音，是一種刀鋒刮在骨頭上的聲音。

是他自己的骨頭。

可是他已連一點感覺都沒有。

天亮了。陽光普照，大地輝煌。

天黑了。

月光皎潔，繁星在天。

不管是天黑還是天亮，人生中總有美麗的一面，一個人如果能活著，爲什麼要死？又有誰真的想死？

謝曉峰沒有死。他第一個感覺是有雙手在他心口慢慢的推拿。

這雙手很乾淨，很穩定，手心長著粗糙的老繭。然後他就聽見了自己心跳的聲音，由微弱漸漸變得穩定。他知道這雙手已救了他的命。

老人正在看著他，一雙疲倦衰老的眼睛，竟變得說不出的清澄明亮，就像是秋夜裡的星光。

他忽然發現這老人遠比他想像中年輕。

老人終於吐出口氣，道：「現在你已經可以活下去了，只要你願意，你一定可以比任何人都活得長些，現在你的骨頭已經變得像是根剛摘下來的玉蜀黍那麼樣新鮮乾淨。」

謝曉峰沒有開口。他忽然想起了簡傳學說的話。

——這世上只有一個人能救你。

——可是他若救活了你，就一定要死在你的劍下。

# 四三 瞭若指掌

簡傳學一定錯了。他絕沒有任何理由要殺這老人，就算有理由，他也絕不會出手。

簡傳學說的一定是另外一個人，也許他根本不知道世上還有這麼樣一個老人存在，更不知道華佗的秘方已留傳下來。

謝曉峰鬆了口氣，對自己這解釋很滿意。

老人道：「有種人好像天生就比別人走運些，連老天爺都總是會特別照顧他。」

他看著謝曉峰：「你就是這種人，你復原得遠比我想像中快得多。」

謝曉峰不能否認這一點，任何人都不能否認，他的體力確實比別人強得多。

有些事若是發生在別人身上就是奇蹟，卻隨時可以在他身上發現。

老人道：「只要再過兩三天，你就可以完全復原。」

謝曉峰道：「然後我就要替你去殺那個人？」

老人道：「這是我用你的一條命換來的條件。」

謝曉峰道：「所以我一定要去？」

老人道：「一定。」

謝曉峰苦笑，道：「我殺過人，我並不在乎多殺一個。」

老人道：「我知道。」

謝曉峰道：「可是這個人我連他的面都沒有見過。」

老人道：「我會讓你見到他的。」

他忽然笑了笑，笑得很詭秘：「只要見到他，你也非殺他不可。」

謝曉峰道：「爲什麼？」

老人道：「因爲他該死！」

他的笑容已消失，眼睛裡又露出悲傷和仇恨。

謝曉峰道：「你真的這麼恨他？」

老人道：「我恨他，遠比任何人想像中都恨得厲害。」

他握緊雙手，慢慢的接著道：「因爲我這一生就是被他害了的，若不是因爲他，一定會活得比現在快樂得多。」

謝曉峰沒有再問。

他忽然想起了自己的一生，他這一生是幸運？

還是不幸？

他忍不住在心裡問自己：「我這一生，怎麼會變成這樣子的？」

窄小的船艙裡，窗戶卻開得很大，河上的月色明亮。

老人看著窗外的月色，道：「今天已經是十三。」

謝曉峰道：「十三？」

他顯得驚訝，因爲直到現在，他才知道自己昏睡了兩天。

老人道：「月圓的那天晚上，你就會看見他。」

謝曉峰道：「他會到這裡來？」

老人道：「他不會來，可是你會去，你一定要去。」

謝曉峰道：「到哪裡去？」

老人順手往窗外一指，道：「就從這條路去。」

輕舟泊岸，月光下果然有條已漸漸被秋草掩沒了的小徑。

老人道：「你一直往前走，就會看見一片楓林，楓林外有家小小的酒店，你不妨到那裡住下來，好好的睡兩天。」

謝曉峰道：「然後呢？」

老人道：「等到十五的那天晚上，圓月昇起時，你從那酒店後門外一條小路走入楓林，就會看見我要你去殺的那個人。」

謝曉峰道：「我怎麼認得出他就是那個人？」

老人道：「只要你看見了他，就一定能認得出。」

謝曉峰道：「為什麼？」

老人道：「因為他也是在那裡等著殺我的人，你一定可以感覺到那股殺氣！」

謝曉峰不能否認。殺氣雖然是看不見，摸不到的，可是像他這種人，卻一定能感覺得到。也只有他這種人才能感覺得到。

老人道：「他看見你時，也一定能感覺到你的殺氣，所以你就算不出手，他也一樣會殺你。」

謝曉峰苦笑，道：「看來我好像已完全沒有選擇的餘地。」

老人道：「你本來就沒有。」

謝曉峰道：「可是你怎麼會知道他在那裡？」

老人緩緩道：「我們本就約好了在那裡相見的，他不死，我就要死在他手裡，這其間也完全沒有選擇的餘地。」他的聲音低沉而奇怪，眼睛裡又露出了那種悲傷的表情。

過了很久，他才接著道：「這就是我們的命運，誰也沒法子逃避。」

人。

謝曉峰明白他的意思。對某些人來說，命運本就是殘酷的，可是這老人卻不像這種

——難道他也有一段悲傷慘痛的回憶？

——他過去究竟是個什麼樣的人？

「現在又是個什麼樣的人？」

謝曉峰想問，卻沒有問。他知道老人一定不會說出來的，他甚至連這老人的姓名都沒有問。

姓名並不重要，重要的是，這老人的確救了他的命。對他來說，只要知道這一點，就已足夠。

老人一直在凝視著他，忽然道：「現在你已經可以走了。」

謝曉峰道：「現在你就要我走？」

老人道：「現在我就要你走。」

謝曉峰道：「爲什麼？」

老人道：「因爲我們的交易已經談成了。」

謝曉峰道：「難道我們不能交個朋友？」

老人道：「不能。」

謝曉峰道：「爲什麼？」

老人道：「因爲有種人天生就不能有朋友。」

謝曉峰道：「你是這種人？」

老人道：「不管我是不是這種人都一樣，因爲你是這種人。」

謝曉峰也明白他的意思。有種人好像天生就應該是孤獨的，這就是他們的命運。

老人慢慢的接著道：「沒有人能夠改變自己的命運，如果你一定想改變他，結果只有更不幸。」

他眼睛裡又閃出了那種火花的光芒：「你一定要記住這句話，這是我從無數次慘痛經驗中得來的教訓。」

夜並不完全是漆黑的，而是一種接近漆黑的深藍色。

謝曉峰走過狹窄的跳板，走上潮濕的河岸，發現自己的腿還是很軟弱。

老人道：「你也一定要記住，一定要好好的睡兩天。」

他的語氣中彷彿真的充滿關切：「因爲那個人絕不是容易對付的，你需要恢復體力。」

這種真心的關切總是會令一個浪子心酸。

謝曉峰沒有回頭，卻忍不住問道：「我還需要什麼？」

老人道：「還需要一點運氣，和一把劍，一把很快的劍！」

老人的輕舟已看不見了。

暗藍色的流水，暗藍色的夜。

謝曉峰終於走上了這條已將被秋草掩沒的小徑，一直往前走。他心裡什麼都不再想，只想快走到那楓林外的小酒店。只想快看見圓月昇起。

在圓月下，楓林外等著他的，會是個什麼樣的人？他是不是能得到他需要的那一點運氣？和那柄快劍？他沒有把握。縱然他就是天下無雙的謝曉峰，他也一樣沒有把握！

他已隱隱感覺到那個人是誰了！

只有虎豹，才能追查出另一隻虎豹的蹤跡。也只有虎豹，才能感覺到另一隻虎豹的存在。因爲牠們本是同一類的。

除了牠們自己外，這世上絕沒有任何另一類的野獸能將牠們吞噬！

這世上也絕沒有任何另一類的野獸敢接近牠們，連狡兔和狐狸都不敢。

所以牠們通常都很寂寞。

「我這一生中有過多少朋友？多少女人？」謝曉峰在問自己。他當然有過朋友，也有過女人。可是又有幾個朋友對他永遠忠心？又有幾個女人是真正屬於他的？

他想起了鐵開誠，想起了簡傳學，想起了老苗子。他也想起了娃娃和慕容秋荻。

——是別人對不起他？

還是他對不起別人？他不能再想。他的心痛得連嘴裡都流出了苦水。

他又問自己：「我這一生中，又有過多少仇敵？」

這一次他的答案就比較肯定了些。有人恨他，幾乎完全沒有別的原因，只不過因爲他是謝曉峰。恨他的人可真不少，他從來都不在乎。也許他只在乎一個人。這個人在他心目中，永遠是個驅不散的陰影。

他一直希望能見到這個人，這個人一定也希望見到他。他知道他們遲早總有一天會相見的。

——如果這世界上有了一個謝曉峰，又有了一個燕十三，他們就遲早必定會相見。

——他們相見的時候，總有一個人的血，會染紅另一個人的劍鋒。

這就是他們的命運！

現在這一天好像已將來臨了！

楓林。楓葉紅如火。

楓林外果然有家小小的客棧，附帶著賣酒。

旅途上的人，通常都很寂寞，只要旅人們的心裡有寂寞存在，客棧裡就一定賣酒，不管大大小小的客棧都一樣。

這世上還有什麼能比酒更容易打發寂寞？

客棧的東主，是個遲鈍而臃腫的老人，卻有個年輕的妻子，大而無神的眼睛裡，總是帶著種說不出的迷茫和疲倦。黃昏前後，她總是會癡癡的坐在櫃台後，癡癡的看著外面的道路，彷彿在期望著會有個騎白馬的王子，來帶她脫離這種呆板乏味的生活。

這種生活本不適於活力充沛的年輕人，卻偏偏有兩個活力充沛的年輕夥計。他們照顧這家客棧，就好像一個慈祥的母親在照顧她的孩子，任勞任怨，盡心盡力，既不問付出了什麼代價，也不計較能得到什麼報酬。

他們看到那年輕的老闆娘時，眼睛裡立刻充滿了熱情。也許就是這種熱情，才使得他們留下來的。謝曉峰很快就證實了這一點。

他忽然發現她那雙大而迷茫的眼睛裡，還深深藏著種說不出的誘惑。

就在他進這家客棧的那天黃昏時，他就已發現了。

他當然還發現了一些別的事。

黃昏時，她捧著四樣小菜和一鍋熱粥，親自送到謝曉峰房裡去。平時她從來不做這種事，也不知爲了什麼，今天居然特別破例。

謝曉峰看著她將飯菜一樣樣放到桌子上。

雖然終年坐在櫃台後，她的腰枝還是很纖細，柔軟的衣裳，在她細腰以下的部份突然繃緊，使得她每個部份的曲線都凸起在謝曉峰眼前，甚至連女人身上最神秘的那一部份都不例外。

謝曉峰好像背對著她的，他可以毫無顧忌的看到這一點。

她是有心這樣的？還是無心？不管怎麼樣，謝曉峰的心都已經開始跳了起來，跳得很快。

他實在已經太久沒有接近過女人，尤其是這樣的女人。

開始時他並沒有注意到，直到現在他還是不太能相信。

可是這個庸俗的、懶散的，看起來甚至還有點髒的女人，實在是個真正的女人，身上每一個部份都散發出一種原始的，足以誘人犯罪的熱力。他還記得她的丈夫曾經叫過她的名字。

他叫她：「青青。」

究竟是「青青」？

還是「親親」？

想到那遲鈍臃腫的老人，壓在她年輕的軀體上，不停的叫著她「親親」時的樣子，謝曉峰竟忽然覺得心裡有點難受。不知道什麼時候她已回過頭，正在用那雙大而迷茫的眼睛看著他。

謝曉峰已不是個小孩子，並沒有逃避她的目光。一個像他這樣的男人，通常都不會掩飾自己對一個女人的慾望。

他只淡淡的笑了笑，道：「下次你到客人房裡去的時候，最好穿上件比較厚的衣裳。」

她沒有笑，也沒有臉紅。

她的目光往下移動，停留在他身上某一點已起了變化的地方，忽然道：「你不是個好人。」

謝曉峰只有苦笑：「我本來就不是。」

青青道：「你根本不想要我去換件比較厚的衣裳，你只想要我把這身衣裳也脫光。」

她實在是個很粗俗的女人，可是她說的話卻又偏偏令人不能否認。

青青道：「你心裡雖然這麼樣想，嘴裡卻不敢說出來，因爲我是別人的老婆。」

謝曉峰道：「難道你不是？」

青青道：「我是不是別人的老婆都一樣。」

謝曉峰道：「一樣……？」

青青道：「我本來就是爲了要勾引你來的。」

謝曉峰怔住。

青青道：「因爲你不是好人，長得卻不錯，因爲你看起來不像窮光蛋，我卻很需要賺點錢花，我只會用這種法子賺錢，我不勾引你勾引誰？」

謝曉峰想笑，卻笑不出。他以前也曾聽過女人說這種話，卻未想到一個女人會用這種態度說這種話。她的態度嚴肅而認真，就像是一個誠實的商人，正在做一樣誠實的生意。

青青道：「我的丈夫也知道這一點，這地方賺的錢，連他一個人都養不活，他只有讓我用這種法子來賺錢，甚至連那兩個小夥計的工錢，都是我用這種法子付給他們的。」

別的女人用這種態度說出這種話來，一定會讓人覺得很噁心。

可是這個女人不同。

因爲她天生就是這麼樣一個女人，好像天生就應該做這種事的。

這就好像豬肉，不管用什麼法子燉煮都是豬肉，都一樣可以讓肚子餓的人看了流口水。

謝曉峰終於笑了。在這種情況下，一個男人如果笑了，通常就表示這交易已成。

青青忽然走過去，用溫熱豐滿的軀體頂住了他，腰枝輕輕扭動摩擦。可是謝曉峰伸出手時，她卻又輕巧的躲開了。

現在她只不過讓他看看樣品而已：「今天晚上我再來，開著你的房門，吹滅你的燈。」

夜。謝曉峰吹滅了燈火。

他身上彷彿還帶著她那種廉價脂粉的香氣，他心裡卻連一點犯罪的感覺都沒有。他本來就不是普通人，對一件事的看法，本來就和普通人不一樣。何況，這本來就是種古老而誠實的交易，這個女人需要生活。

他需要女人。

大部份江湖人都認爲在決戰的前夕，絕不能接近女色。女色總是能令人體力虧損。

謝曉峰的看法卻不一樣。他認爲那絕不是虧損，而是調合。

酒，本來是不能滲水的，可是陳年的女貞，卻一定要先滲點水，才能勾起酒香。他的情況也一樣。這一戰很可能已是他最後一戰。

這一戰他遇見的對手，很可能就是他平生最強的一個。在決戰之前，他一定要讓自己完全鬆弛。

只有女人才能讓他完全鬆馳。

——他是謝曉峰。

——謝曉峰是絕不能敗的！

所以只要是爲了爭取勝利，別的事他都不能顧忌得太多。

窗子也是關著的。窗紙厚而粗糙，連月光都照不進來。

月已將圓了，屋子裡卻很黑暗，謝曉峰一個人靜靜的躺在黑暗裡，他在等，他並沒有等多久。

門開了，月光隨著照進來，一個穿著寬袍的苗條人影在月光中一閃，門立刻又被關起，人影也被黑暗吞沒。

謝曉峰沒有開口，她也沒有。

夜很靜，她甚至連腳步聲都沒有發出來，彷彿是提著鞋，赤著腳走來的。但是謝曉峰卻可以感覺到她已漸漸走近了床頭，感覺到那件寬袍正從她光滑的胴體上滑落。

寬袍下面一定什麼都沒有了。

她不是那種會讓人增加麻煩的女人，她也不喜歡麻煩自己。

她的胴體溫熱、柔軟、纖細卻又豐滿。

他們還是沒有說話。

言語在此時已是多餘的，他們用一種由來已久的，最古老的方式，彼此吞噬。

她的熱情遠比他想像中強烈。他喜歡這種熱情，雖然他已發現她並不是那個叫「青青」的女人！

她是誰呢？她不是那個女人，但她卻確實是個女人，一個真正的女人，一個女人中的女人。

她是誰呢？

床鋪總是會發出些惱人的聲音，他們就轉移到地上去。

無聲的地板，又冷又硬。

他得到的遠比他想像中多，付出的也遠比他想像中多。

他在喘息。

等到他喘息靜止時，他又輕輕的嘆了口氣。

「是你。」

她慢慢的坐起來，聲音裡帶著種奇特的譏誚之意，也不知是對他，還是對她自己。

「是我。」

她說：「我知道你本來一定連做夢都想不到會是我的。」

月已將圓。她推了床邊的小窗，漆黑的頭髮散落在她裸露的肩膀上。在月光下看來，她就像是個初解風情的小女孩。

她當然已不再是小女孩。

「我知道你一定很想要個女人，每當你緊張的時候，你都會這樣子的。」

她一直都很了解他。

「可是我知道你一定不會要我。」

她輕輕嘆息：「除了我之外，什麼樣的女人都不會拒絕，可是你一定會拒絕我。」

「所以你才會這麼樣做！」

「只有用這種法子，我才能讓你要我。」

「你爲了什麼？」

「爲了我還是喜歡你。」

她回過頭，直視著謝曉峰，眼波比月光更清澈，也更溫柔。

她說的是真話，他也相信。他們之間彼此都已了解得太深，根本沒有說謊的必要。

也許就因爲這緣故，所以她愛他，所以她要他死！

因爲她就是慕容秋荻，但卻並不是秋風中的荻花，而是冬雪中的寒梅，溫谷中的罌粟，冬日中的玫瑰，倔強、有毒，而且多刺！

蜂針一樣的刺。

謝曉峰道：「你看得出我很緊張？」

# 四四　奪命之劍

慕容秋荻道：「我看不出，可是我知道，你若不緊張，怎麼會看上那個眼睛像死魚一樣的女人？」

她又在他身旁坐了下來：「可是我想不到你為什麼會如此緊張。」

謝曉峰道：「你也有想不到的事？」

慕容秋荻輕輕嘆了口氣，道：「也許我已經想到了，只不過不願意相信而已。」

謝曉峰道：「哦？」

慕容秋荻道：「我一向很了解你，只有害怕才會讓你緊張。」

謝曉峰道：「我怕什麼？」

慕容秋荻道：「你怕敗在別人的劍下。」

她的聲音裡帶著譏誚：「因為謝家的三少爺是永遠不能敗的。」

雖然墊著被褥，地上還是又冷又硬。

她移動了一下坐的姿勢，將身子的重量放在謝曉峰的腿上，然後才接著道：「可是這世上能威脅到你的人並不多，也許只有一個。」

謝曉峰道：「誰？」

慕容秋荻道：「燕十三。」

謝曉峰道：「你怎麼知道這次就是他？」

慕容秋荻道：「我當然知道，就因爲你是謝曉峰，他是燕十三，你們兩個人就遲早總有相見的一天，遲早總有一個人要死在對方的劍下。」

她嘆了口氣：「這就是你們的命運，誰都沒法子改變的，連我都沒法子改變。」

謝曉峰道：「你？」

慕容秋荻道：「我本來很想要你死在我手裡，想不到還是有個人救了你。」

謝曉峰道：「你知道那個人是誰？」

慕容秋荻苦笑道：「如果我早就知道世上有他這麼樣一個人，我早就殺了他。」

她又嘆了口氣：「現在我雖然知道了，卻已太遲了。」

謝曉峰道：「現在你已經知道他是誰？」

慕容秋荻道：「他叫段十三，他有十三把刀，卻是救命的刀。」

謝曉峰道：「我怎麼從來沒有聽說過這個人。」

慕容秋荻道：「因爲燕十三要殺他，只要燕十三活著，他就不敢露面。」

謝曉峰忽然長長吐出口氣，就好像放下了一副很重的擔子：「現在我總算放心了。」

慕容秋荻道：「放什麼心？」

謝曉峰道：「我一直在懷疑他就是燕十三，他救我，只因爲要跟我一較高下。」

慕容秋荻道：「可是他偏偏又救了你的命，你怎麼能讓他死在你的劍下？」

謝曉峰道：「不錯。」

慕容秋荻道：「你擔心的若是這一點，那麼你現在就真的可以放心了。」

她輕撫著他胸膛：「我知道燕十三絕不是你的敵手，你一定可以殺了他的。」

謝曉峰看著她，忍不住問：「你到這裡來，就是爲了要讓我放心？」

慕容秋荻柔聲道：「我到這裡來，只因爲我還是喜歡你。」

她的聲音裡真情流露：「有時候我雖然也恨你，恨不得要你死，可是別人想碰一碰你，我都會生氣，你要死也得死在我手裡。」

她說的也是真話。

她這一生，很可能也是活在矛盾和痛苦中。

她也想尋找幸福，每個人都有權尋找幸福，只不過她的法子卻用錯了。謝曉峰嘆了口氣，輕輕推開她的手。

也許他們都錯了，可是他不願再想下去，他忽然覺得很疲倦。

慕容秋荻道：「你在想什麼？」

謝曉峰道：「我只想找個地方好好的睡一覺去。」

慕容秋荻道：「你不睡在這裡？」

謝曉峰道：「有你在旁邊，我睡不著！」

慕容秋荻道：「為什麼？」

謝曉峰道：「因為我也不想死在你手裡，至少現在還不想。」

慕容秋荻本來絕不會留他的。她當然很了解他的脾氣，他要走的時候，無論誰也拉不住。

如果你拉他的手，他就算把手砍斷也要走，如果你砍斷他的腿，他爬也爬著走。

可是今天她卻拉住了他，道：「今天你可以安心睡在這裡。」

她又解釋：「就算我以前曾經恨不得要你死，可是今天我不想，至少今天並不想。」

謝曉峰笑了：「難道今天是個很特別的日子？」

慕容秋荻道：「今天的日子並不特別好，卻有個特別的人來了。」

謝曉峰道：「誰？」

慕容秋荻慢慢的坐起來，將烏雲般的長髮盤在頭上，才輕輕的說道：「你應該記得我們還有個兒子。」

謝曉峰當然記得。

在這段日子裡，他已經學會要怎麼才能忘記一些不該想的事。

可是這些事他並不想忘記，也不能忘記。

他幾乎忍不住要跳了起來：「他也來了。」

慕容秋荻慢慢的點了點頭，道：「是我帶他來的。」

謝曉峰用力握住她的手，道：「現在他的人呢？」

慕容秋荻道：「他並不知道你在這裡，你也絕不會找到他的。」

她忽然輕輕嘆息：「就算找到了又有什麼用？難道你不知道他恨你，恨你從來沒有把他當作自己的兒子，從來沒有盡到做父親的責任。」

她盯著謝曉峰：「難道現在你已有勇氣告訴他，你就是他的父親？」

謝曉峰放鬆了她的手。他的手冰冷，他的心更冷。

慕容秋荻道：「可是你只要能擊敗燕十三，我就會帶他來見你，而你可以告訴他，你就是他的父親。」

她眼中忽然露出痛苦之色：「一個男孩子如果永遠不知道自己的父親是誰，不但他一定會痛苦終生，他的母親也一樣痛苦。」

謝曉峰道：「所以你也一直都沒有讓他知道，你就是他的親生母親？」

慕容秋荻承認：「我沒有！」

她的神色更痛苦：「可是現在我年紀已漸漸大了，我想要的，大多數都已得到，現在我只想能夠有個兒子，像他那樣的兒子。」

謝曉峰道：「難道你已決心將所有的事全都告訴他？」

慕容秋荻道：「我甚至還會告訴他，你並沒有錯，錯的是我。」

謝曉峰不能相信，也不敢相信。

他忍不住要問：「既然，你已下了決心，爲什麼又要等到我擊敗燕十三之後才告訴他？」

慕容秋荻道：「因爲你若不勝，就只有死。」

謝曉峰不能否認。只有戰死的謝曉峰，沒有戰敗的謝曉峰。

慕容秋荻道：「你若死在燕十三劍下，我又何必讓他知道自己有這麼樣一個父親？又何必再增加他的煩惱和痛苦？」

她一字字接著道：「我又何必再讓他去送死？」

謝曉峰道：「送死？」

慕容秋荻道：「他若知道自己的父親是死在燕十三劍下的，當然要去復仇，他又怎能會是燕十三的敵手？不是去送死是什麼？」

謝曉峰沉默。他不能不承認她說的話有道理，他當然也不希望自己的兒子去送死。

慕容秋荻又笑了笑，柔聲道：「可是我相信你當然不會敗的，你自己也應該很有把握。」

謝曉峰沉默著，過了很久，才慢慢的說道：「這一次我沒有。」

慕容秋荻彷彿很驚訝：「難道連你都破不了他的奪命十三劍？」

謝曉峰道：「奪命十三劍並不可怕，可怕的是第十四劍。」

慕容秋荻道：「哪裡還有第十四劍？」

謝曉峰道：「有。」

慕容秋荻道：「你是說他的奪命十三劍，還有第十四種變化？」

謝曉峰道：「不錯。」

慕容秋荻道：「就算真的有，只怕連他自己都不知道。」

謝曉峰道：「就算他以前不知道，現在也一定知道了。」

慕容秋荻道：「可是我相信這第十四劍，也未必能勝你。」

她對他好像永遠都充滿信心。

謝曉峰沉默著，過了很久才回答：「不錯，他也未必能勝我。」

慕容秋荻又高興了起來：「我想你說不定已有了破他這一劍的方法。」

謝曉峰沒有回答。他又想起了那閃電一擊。

——燕十三的第十四劍，本來的確是無堅不摧，無懈可擊的，可是被這閃電一擊，立刻就變了，變得很可笑。這是那天他對鐵開誠說的話，他並沒有吹噓，也沒有誇大。

——一個人在臨死前的那一瞬間，想的是什麼事？

——是不是會想起他這一生中所有的親人和朋友，所有的歡樂和痛苦？

——他想到的不是這些。

他在臨死前的那一瞬間，還在想著燕十三的第十四劍。

他的這一生都已爲劍而犧牲，臨死前又怎麼會去想別的事？

——就在那一瞬間，他心裡好像忽然有道閃電擊過！那就是靈機。

詩人們在吟出一首千古不朽的名句時，心裡也一定有這一道閃電擊過。

只不過這種靈機並不是僥倖得來，你一定要先將畢生的心血全都奉獻出來，心裡才會有這一道閃電般的靈機出現！

看到謝曉峰臉上的神色，慕容秋荻顯得很愉快：「我想你現在就已有了破他這十四劍的方法。」

她看著他，微笑道：「你用不著瞞我，你瞞不過我的。」

謝曉峰道：「不錯，我可以破他這一劍，只可惜……」

慕容秋荻道：「還可惜什麼？」

謝曉峰道：「可惜這一劍還不是他劍法中真正的精粹。」

他的表情嚴肅而沉重，慕容秋荻也不禁動容：「這一劍還不是？」

謝曉峰道：「絕不是。」

慕容秋荻道：「那麼他劍法中真正的精粹是什麼？」

謝曉峰道：「是第十五劍！」

慕容秋荻道：「明明是奪命十三劍，怎麼會又有第十五劍？」

謝曉峰道：「他這套劍法精深微妙，絕對還應該有第十五種變化，那就像是……像是……」

慕容秋荻道：「像是什麼？」

謝曉峰道：「就像是一株花。」

他的眼睛裡發著光，因爲他終於已想出了恰當的比喻來。

他很快的接著道：「前面的十三劍，只不過是花的根而已，第十四劍，也只不過是些枝葉，一定要等到有了第十五種變化時，鮮花才會開放，他的第十五劍，才是真正的花朵。」

好花固然要有綠葉扶持，要有根才能生長，可是花朵不開放，這株花根本就不能算是花。

謝曉峰道：「奪命十三劍也一樣，若沒有第十五劍，這套劍法根本就全無價值。」

慕容秋荻道：「如果有了第十五劍又怎麼樣？」

謝曉峰道：「那時非但我不是他的對手，天下也絕沒有任何人會是他的對手。」

慕容秋荻道：「那時你就必將死在他的劍下？」

謝曉峰道：「只要能看到世上有那樣的劍法出現，我縱然死在他的劍下，死亦無憾！」

他的臉也已因興奮而發光。只有劍，才是他生命中真正的目標，才是他真正的生命！只要劍還能夠永存，他自己的生命是否能存在都已變得毫不重要。慕容秋荻了解他，卻永遠無法了解這一點。

她也並不想了解。

——要了解這種事，實在太痛苦，太吃力了。

她只關心一件事：「現在燕十三是不是已創出了這一劍？」

謝曉峰沒有回答。這問題沒有人能回答，也沒有人知道。

夜已漸深，月已將圓。

雖然是不同的地方，卻是同樣的明月，雖然是不同的人，有時也會有同樣的心情。

月下有河水流動，河上有一葉扁舟。

舟頭有一爐火、一壺茶、一個寂寞的老人。

老人手裡有一根木棍、一把刀——四尺長的木棍、七寸長的刀。

老人正在用這把刀，慢慢的削著這根木棍。

——他想把這根木棍削成什麼，是不是想削成一柄劍？

刀鋒極快，他手裡的刀極穩定。無論誰都看不出像這麼樣一個衰老的人，會有這麼樣一雙穩定的手。

木棍漸漸被削成形了，果然是劍的形狀。

四尺長的木棍，被削成了一柄三尺七寸長的劍，有劍鍔，也有劍鋒。

老人輕撫著劍鋒，爐火閃動在他臉上，他臉上帶著種奇怪的表情。

誰也看不出那是興奮？是悲傷？還是感慨？可是如果你看到他的眼睛，你就會看出他只不過是在懷念。

懷念以往那一段充滿了歡樂興奮，也充滿了痛苦悲傷的歲月。他握住劍柄，慢慢的站起來。

劍尖垂落著，他佝僂的身子，卻突然挺直。他已完全站了起來，就在這一瞬間，他整個人都變了。

這種變化，就像是一柄被裝在破舊皮鞘中的利劍，忽然被拔了出來，閃出了光芒。

他的人也一樣。就在這一瞬間，他的人好像也發出了光。這種光芒使得他忽然變得有了生氣，使他看來至少年輕了二十歲。

——一個人怎麼會因爲手裡有了柄木劍就完全改變？

——這是不是因爲他本來就是個閃閃發光的人？

河水流動，輕舟在水上漂蕩。

他的人卻像是釘子般釘在船頭上，凝視著手裡的劍鋒，輕飄飄一劍刺了出去。

劍是用桃木削成的，黯淡而笨拙。可是這一劍刺出，這柄劍卻彷彿變了，變得有了光芒，有了生命。

他已將他生命的力量，注入了這柄木劍裡。

一劍輕飄飄刺出，本來毫無變化。可是變化忽然間就來了，來得就像是流水那麼自然。

這柄劍在他手裡，就像魯班手裡的斧，羲之手中的筆，不但有了生命，也有了靈氣。

他輕描淡寫，揮塵如意，一瞬間就已刺出了十三劍。劍法本是輕靈流動的，就像是河水一樣，可是這十三劍刺出後，河水上卻彷彿忽然有了殺氣，天地間裡彷彿有了殺氣。

第十三劍刺出，所有的變化都似已窮盡，又像是流水已到盡頭。

他的劍勢也慢了，很慢。

雖然慢，卻還是在變，忽然一劍揮出，不著邊際，不成章法。但是這一劍卻像是吳道子畫龍點的睛，雖然空，卻是所有轉變的樞紐。

然後他就刺出了他的第十四劍。

河上的劍氣和殺氣都很重，宛如滿天烏雲密佈。這一劍刺出，忽然間就將滿天烏雲都撥開了，現出了陽光。

並不是那種溫暖和煦的陽光，而是流金鑠石的烈日，其紅如血的夕陽。這一劍刺出，所有的變化才真的已到了窮盡，本已到了盡頭的流水，現在就像是已完全枯竭。他的力也已將竭了。

可是就在這時候，劍尖忽然又起了奇異的震動。劍尖本來是斜斜指向爐火的，震動一起，爐火忽然熄滅！劍鋒雖然在震動，本來在動的，卻忽然全都靜止。絕對靜止。就連一直在小河上不停搖盪的輕舟，也已完全靜止。就連船下的流水，都彷彿也已停頓。

沒有任何言語可以形容這種情況，只有一個字，一個很簡單的字——死！

沒有變化，沒有生機！這一劍帶來的，只有死！

只有「死」，才是所有一切的終結，才是真正的終結！

——流水乾枯，變化窮盡，生命終結，萬物滅亡！

這才是「奪命十三劍」真正的精粹！這才是真正奪命的一劍！

這一劍赫然已經是第十五劍！

「啪」的一聲，木劍斷了！

# 四五　對手相逢

河水又復流動，輕舟又復漂蕩。他卻還是動也不動的站在那裡，滿身大汗如雨，已濕透了衣裳。

他臉上帶著奇怪之極的表情，也不知是驚？是喜？還是恐懼！

一種人類對自己無法預知，也無法控制的力量，所生出的恐懼！只有他自己知道，這一劍並不是他創出來的。

根本沒有人能創出這一劍，沒有人能了解這一劍的變化的出現，就好像「死亡」本身一樣，沒有人能了解，沒有人能預測。這種變化的力量，也沒有人能控制。

大地一片黑暗。他木立在黑暗中，整個人都好像在發抖，怕得發抖。

他為什麼害怕？是不是他知道就連自己都已無法控制這一劍？

河水上忽然傳來一聲長長的嘆息，一個人嘆息著道：「鬼為什麼沒有哭？神為什麼沒有流淚？」

河水上又出現了一條船，看來就像是煙雨湖上的畫舫。船上燈火明亮，有一局棋、一壺酒、一張琴、一卷書，燈下還有塊烏石。

磨劍石！

一個人站在船頭，看著這老人，看著這老人手裡的斷劍。他眼睛裡也帶著種說不出的悲傷和恐懼。老人慢慢的抬起頭，看著他。

「你還認不認得我？」

「我當然認得你。」

——翠雲峰，綠水湖上的畫舫，畫舫上有去無歸的渡人。

這些都是老人永遠忘不了的。就在這條畫舫上，他沉下了他的名劍，也沉下了他的英雄歲月。就是這個人，曾經嘆息過他的愚蠢，也曾經佩服他的智慧。他那麼樣做，究竟是聰明？還是愚蠢？

「謝掌櫃。」

「燕十三。」

他們互相凝視，黯然嘆息：「想不到我們居然還有再見的一日。」

謝掌櫃的嘆息聲更重：「倉頡造字，鬼神夜泣，你創出了這一劍，鬼神也同樣應該哭泣流淚。」

老人明白他的意思。這一劍的確已洩了天機，卻失了天心。天心唯仁。這一劍既已創出，從此以後，就不知要有多少人死在這一劍之下。

老人沉默著，過了很久，才緩緩道：「這一劍並不是我創出來的！」

謝掌櫃道：「不是？」

老人搖頭，道：「我創出了奪命十三劍，也找出了它的第十四種變化，可是我一直都不滿意，因爲我知道它一定還有另一種變化。」

謝掌櫃道：「你一直都在找！」

老人道：「不錯，我一直在找，因爲我知道只有將這種變化找出來，才能戰勝謝曉峰。」

謝掌櫃道：「你一直都沒有找到？」

老人道：「我費盡了心血都找不到，謝曉峰卻已死了。」

——神劍山莊中漆黑的布幔，漆黑的棺木。

老人黯然道：「謝曉峰一死，天下還有誰是我的對手？我又何必再去尋找？」

他長長嘆息，道：「所以我不但沉劍，埋名，同時也將尋找這最後一種變化的念頭，沉入了湖底，從那天之後，我連想都沒有再想過。」

謝掌櫃沉思著，緩緩道：「也許就因爲你從此沒有再想過，所以才會找到。」

這一劍本就是劍法中的「神」。

「神」是看不見，也找不到的，祂要來的時候，就忽然來了。可是你本身一定得先達到「無人、無我、無忘」的境界，祂才會來。這道理也正如禪宗的「頓悟」一樣。

謝掌櫃又道：「現在你當然也已知道三少爺並沒有死。」

老人點頭。

謝掌櫃道：「現在你是不是已有把握能擊敗他？」

老人凝視著手裡的斷劍，道：「如果我能有一柄好劍。」

謝掌櫃道：「你是不是還想找回你的劍？」

老人道：「我還能找得到？」

謝掌櫃道：「只要你找，就能找得到。」

老人道：「到哪裡去找？」

謝掌櫃道：「就在這裡。」

船舷邊的刻痕仍在。

謝掌櫃道：「你應該記得，這是你親手用你自己的劍刻出來的。」

——當時的名劍已消沉，人呢？如今人已在這裡。

有些人也正如百煉精鋼打成的利器一樣，縱然消沉，卻仍存在。

老人忍不住長長嘆息，道：「只可惜這裡已不是我當年的沉劍之處。」

謝掌櫃道：「刻舟求劍，本就是愚人才會做出來的事。」

老人道：「不錯。」

謝掌櫃道：「你卻並不是愚人，你刻舟沉劍，本不是爲了想再來尋劍。」

老人承認：「我不是。」

謝掌櫃道：「你那樣做，本就是無意的，無意中就有天機。」

他慢慢的接著道：「你既然能在無意中找到你劍法中的精粹，爲什麼不能在無意中找回你的劍？」

老人沒有再說話，因爲他已看到了他的劍。漆黑的湖水中，已經有柄劍慢慢的浮了起來，已經能看見劍鞘上的十三顆明珠。

劍當然不會自己浮起來，也不會自己來尋找它昔年的主人。劍的本身並沒有靈性。如果劍有靈，只不過因爲握劍的人。這柄劍能夠浮起來，也只不過因爲是謝掌櫃將它提起來的。

老人並沒有吃驚。他已經看見了繫在劍鍔上的線，也已看見這根線的另一端就在謝掌櫃的手裡。世上有很多不可思議，無法解釋的事發生，就因爲每件事都有這麼樣一根線，而人們卻看不見而已。

在經過許多次痛苦的經驗之後，老人總會已漸漸明白了這道理。

謝掌櫃卻還是在解釋：「那一天你走了之後，我就已替你撈起了這柄劍，而且一直在爲你保存著。」

「你爲什麼要這樣做？」

謝掌櫃道：「因爲我知道你和三少爺遲早還會有相見的一日。」

老人忽然嘆息，道：「我也知道這本來就是我們的命運。」

謝掌櫃道：「不管怎麼樣，現在你總算已找回了你的劍。」

劍已在他手裡，劍鞘上的十三顆明珠，依然在發著光。

謝掌櫃又問：「現在你是不是已經有了擊敗他的把握？」

燕十三沒有回答。現在他的劍已回到他手裡，還是和以前同樣鋒利。

他憑著這柄劍，縱橫天下，戰無不勝，他一向無情，也無懼。何況，現在他已找到了他劍法中的精粹，必定已將天下無敵。可是他心裡卻反而有了種說不出的恐懼，他自己說不出，別人卻能看得出。

甚至連謝掌櫃都已看了出來，忍不住道：「你在害怕？怕什麼？」

燕十三道：「奪命十三劍本來就像是我養的一條毒蛇，雖然能致人的死命，我卻可以控制牠，可是現在……」

謝掌櫃道：「現在怎麼樣？」

燕十三道：「現在這條毒蛇，已變成了毒龍，已經有了牠自己的神通變化。」

謝掌櫃道：「現在難道連你都已無法控制牠？」

燕十三沉默著，過了很久，才緩緩道：「我不知道，誰也不知道……」

就因為不知道，所以才恐懼。

謝掌櫃彷彿已明白他的意思。他們同時凝視著遠方，眼睛裡同樣帶著種奇怪的表情。

又過了很久，燕十三才問道：「你特地為我送劍來，是不是希望我能擊敗他？」

謝掌櫃居然承認：「是。」

燕十三道：「你不是他的朋友？」

謝掌櫃道：「我是。」

燕十三道：「你為什麼希望我擊敗他？」

謝掌櫃道：「因為他從未敗過。」

燕十三道：「你為什麼一定要他敗？」

謝掌櫃道：「因爲敗過一次後，他才會知道自己並不是神，並不是絕對不能敗的，他一定要受到過這麼樣一次教訓後，才能算真正長成。」

燕十三道：「你錯了。」

謝掌櫃道：「錯在哪裡？」

燕十三道：「這道理並沒有錯，只不過用在他身上就錯了。」

謝掌櫃道：「爲什麼？」

燕十三道：「因爲他並不是別人，因爲他是謝曉峰，謝曉峰只能死，不能敗！」

謝掌櫃道：「燕十三呢？」

燕十三道：「燕十三也一樣。」

燕十三又回到他的輕舟，輕舟已盪開。

謝掌櫃默默的站在船頭，目送著輕舟遠去，心裡忽然也覺得有種說不出的恐懼和悲傷。

這世上永遠有兩種人，一種人生命的目的，並不是爲了存在，而是爲了燃燒。燃燒才有光亮。

哪怕只有一瞬間的光亮也好。

另外一種人卻永遠只有看著別人燃燒，讓別人的光芒來照亮自己。那種人才是聰明人？

他不知道。他只知道他的悲傷並不是爲了他們，而是爲了自己。

還沒有到黃昏，夕陽已經很紅了，紅得就像是已燃燒了起來。

夕陽下的楓林，也彷彿已燃燒。

謝曉峰就坐在燃燒著的夕陽下，燃燒著的楓林外。他的手裡沒有劍，甚至連用一根木頭削成的劍都沒有。他還在等。

——是在等人？還是在等著被燃燒？

慕容秋荻遠遠的看著他，已經看了很久，現在才走過來。

她走路的樣子真好看。

就算你明知道她走過來就要殺了你，你也一樣會覺得很好看。

「一個女人天生下來就是爲了要讓別人看的。」

不管在什麼時候，她都不會忘了這句話，只要她覺得有道理的話，她就永遠不會忘記。

她走到他面前，看著他，忽然問：「就是今天？」

謝曉峰道：「就是今天。」

慕容秋荻道：「就是現在。」

謝曉峰道：「就是現在。」

他要等的人，現在已隨時都會來。

慕容秋荻道：「那麼你手裡至少應該有把劍。」

謝曉峰道：「我沒有劍。」

慕容秋荻道：「是不是因爲你的心中有劍，所以手裡根本不必有劍！」

謝曉峰道：「學劍的人，心中必當有劍。」

若是心中無劍，又怎麼能學劍？謝曉峰道：「只可惜心中的劍，是絕對殺不了燕十三。」

慕容秋荻道：「那麼你爲什麼不去找把劍？」

謝曉峰道：「因爲我知道你一定會替我送來的。」

慕容秋荻道：「你想要把什麼樣的劍？」

謝曉峰道：「隨便。」

慕容秋荻道：「不能夠隨便。」

謝曉峰道：「為什麼？」

慕容秋荻道：「因為劍也和人一樣，也有很多種，每把劍的形式、份量、長短、寬窄，都不會絕對相同，每把劍都有它的特性。」

她嘆了口氣，又道：「所以一個人要選擇一把劍，就好像是在選擇一個朋友，絕不能馬虎，更不能隨便。」

謝曉峰當然也明白這道理。高手相爭，連一點都不能差錯，他們用的劍，往往就是決定他們勝負的因素。

慕容秋荻忽又笑了，很得意的笑了：「幸好你就算不說，我也知道你心裡最想要的是哪柄劍。」

謝曉峰道：「你知道？」

慕容秋荻道：「我不但知道，而且已經替你拿來了。」

她真的已經替他拿來了。烏黑陳舊的劍鞘，形式古雅的劍鍔，甚至連劍柄上那一道道已因時常摩擦而發的光黑綢子，都是謝曉峰永遠忘不了的。

對他來說，這柄劍就像是一個曾經與他同過生死患難，卻又遠離了他的朋友。雖然他永遠難以忘懷，卻從未想到他們還有相見的時候。客棧裡那個年輕的夥計，輕輕的將這把劍放在一塊青石上，就悄悄的走了。

謝曉峰忍不住伸出手，輕觸劍鞘。他的手本來一直在抖，可是只要一握住這柄劍，就會立刻恢復穩定。他緊緊握住了這柄劍，就像是一個多情的少年，緊緊抱住了他初戀的情人。

慕容秋荻道：「你用不著問我這柄劍怎麼會在我手裡的，你問了我也不會告訴你，因爲我不想讓你的心亂。」

謝曉峰沒有問。

慕容秋荻道：「我也知道如果我留在這裡，你也會心亂，所以我就要走了。」

她輕輕一握他的手，柔聲道：「可是我一定會在客棧裡等你，我相信你一定很快就會回來。」

她真的走了，走路的樣子還是那麼好看。謝曉峰看著她苗條的背影，卻忍不住要在心裡問自己：「這是不是我最後一次看見她？」

在這一瞬間，他對她忽然有了種說不出的依戀，幾乎忍不住要將她叫回來。但他沒有這麼樣做。

因爲就在這時候，他已經感覺到一股逼人的殺氣！

就像是一陣寒風，從楓林裡吹了出來。

他握劍的手背上，青筋已凸起。他沒有回頭去看，也用不著回頭，就知道他等的人已經來了。

這個人當然就是燕十三！

夕陽紅如血，楓林也紅如血，天地間本就充滿了殺氣。

何況天地間又有了這麼樣兩個人！

滿山紅葉中，已出現了一個黑色的人影。黑色所象徵的，是悲傷、不祥和死亡，黑色也同樣象徵著孤獨、驕傲和高貴。它們象徵的意思，正是一個劍客的生命。就像是大多數劍客一樣，燕十三也喜歡黑色，崇拜黑色。

他行走江湖時，從來都沒有穿過別的顏色的衣服。現在他又恢復了這種裝束，甚至連他的臉都用一塊黑巾蒙住。他不願讓謝曉峰認出他就是藥爐邊那個衰弱佝僂的老人。他不願讓謝曉峰出手時有任何顧忌。

因爲他平生最大的願望，就是要和天下無雙的謝曉峰決一死戰。

只要這願望能夠達到，敗又何妨？死又何妨？

現在他確信謝曉峰絕對看不出這身子像標槍般筆挺的黑衣劍客，就是腰彎得像蝦米一樣的衰弱老人。可是謝曉峰認得出他就是自己平生最強的對手燕十三！

因為他的手裡握著劍，漆黑的劍鞘上，鑲著十三粒晶瑩的明珠。這柄劍雖然並不是削鐵如泥的利器，卻久已名傳天下。在江湖人的心目中，這柄劍所象徵的，正是不祥和死亡！

謝曉峰一轉過身，目光立刻被這柄劍吸引，就像是尖針遇到了磁鐵。他當然也知道這柄劍就是燕十三的標誌。

他的手裡也有劍。兩柄劍雖然還沒有出鞘，卻彷彿已有劍氣在衝激迴盪。

燕十三忽然道：「我認得你。」

謝曉峰道：「你見過我？」

燕十三道：「沒有。」

他露在黑巾外的一雙眼睛，銳利如刀：「可是我認得你，你一定就是謝曉峰。」

謝曉峰道：「因為你認得這柄劍？」

燕十三道：「這柄劍並沒有什麼，它若在別人手裡，也只不過是柄凡鐵而已。」

他慢慢的接著道：「上次我見到這柄劍時，它彷彿也已經陪著它的主人死了，現在一到了你的手裡，就立刻有了殺氣。」

謝曉峰終於長長嘆息，道：「燕十三果然不愧是燕十三，想不到我們總算見面了。」

燕十三道：「你應該想得到的。」

謝曉峰道：「哦？」

燕十三道：「天地間既然有我們這麼樣兩個人，就遲早必有相見的一日！」

謝曉峰道：「我們相見的時候，是不是就必定會有個人死在對方的劍下？」

燕十三道：「是的。」

他緊握著他的劍：「燕十三能活到現在，爲的就是要等這一天，若不能與天下無雙的謝曉峰一戰，燕十三死不瞑目。」

謝曉峰盯著他露在黑巾外的眼睛，道：「那麼你至少也該讓我看看你的真面目。」

燕十三道：「你爲什麼要看我的真面目，你幾時讓別人看過你自己的真面目？」

他冷笑，接著道：「謝曉峰究竟是個什麼樣的人，江湖中從來就沒有人知道。」

謝曉峰閉上了嘴。他不能不承認，他自己的真面目究竟是什麼樣子，連他自己都已淡忘了。

燕十三道：「不管你是個什麼樣的人都不重要，因爲我已知道你就是謝家的三少爺，謝曉峰。」

# 四六　大惑不解

謝曉峰道：「所以……」

燕十三道：「所以你只要知道我就是燕十三，也已足夠了。」

謝曉峰又盯著他看了很久，忽然笑了笑，道：「其實我只要能看到你的劍，就已足夠了。」

他看見過「奪命十三劍」。對這套劍法中的每一個細節和變化，他幾乎都已完全了解。但是這並不足以影響他們這一戰的勝負。因爲這套劍法在鐵開誠手裡使出來，無論氣勢、力量和適度，都一定不會用完全。所以他希望能看到燕十三手裡使出來的奪命十三劍。

可是他也知道，真正最重要的一劍，是永遠看不到的。

最重要的一劍，必定就是決生死、分勝負的一劍，也就是致命的一劍。如果奪命十三劍已經有了第十五種變化，第十五劍就是這致命的一劍。

他當然看不到。

因爲這一劍使出時，他已經死了！只要有這一劍，他就必死無疑。所以他這一生中最希望能看到的一劍，竟是他這一生中永遠看不到的。

——難道這就是他的命運？

造化弄人，爲什麼總是如此無情？

他不願再想下去，忽然又道：「現在我們手裡都有劍，隨時都可以出手。」

燕十三道：「不錯。」

謝曉峰道：「可是你一定不會輕易出手的。」

燕十三道：「哦？」

謝曉峰道：「因爲你一定要等，等我的疏忽，等你的機會。」

燕十三道：「你是不是也一樣會等？」

謝曉峰道：「是的。」

他嘆了口氣，又道：「只可惜這種機會絕不是很快就能等得到的。」

燕十三承認。

謝曉峰道：「所以我們一定會等很久，說不定要等到大家都已精疲力竭時，才會有這種機會出現，我相信我們一定都很沉得住氣。」

他又嘆了口氣，道：「可是我們爲什麼要像兩個呆子一樣站在這裡等呢？」

燕十三道：「你想怎麼樣？」

謝曉峰道：「我們至少可以到處看看，到處去走走。」

他的眼睛裡閃出了笑意：「天氣這麼好，風景這麼美，我們在臨死之前，至少也該先享受一下人生。」

於是他們開始走動，兩個人的第一步，幾乎是同時開始的。他們誰也不願佔對方的便宜。因爲他們這一戰，爭的並不是生死勝負，而是要對自己這一生有個交代。所以他們不願欺騙對方，更不願欺騙自己。

楓葉更紅，夕陽更艷麗。

在黑暗籠罩大地之前，蒼天總是會降給人間更多光彩，就正如一個人在臨死之前，總會顯得更有善心，更有智慧。

這就是人生。如果你真的已經能了解人生，你的悲傷就會少些，快樂就會多些。

楓林中已有落葉，他們踏著落葉，慢慢的往前走，腳步聲「沙沙」的響，他們的腳步愈走愈大，腳步聲卻愈來愈輕，因爲他們的精神和體能，都能漸漸到達巔峰。

等到他們真正到達巔峰時的一刹那，他們就會出手。

誰先到達巔峰，誰就會先出手。

他們都不想再等機會，因爲他們都知道誰也不會給對方機會。

他們幾乎是同時出手的。

沒有人能看得見他們拔劍的動作，他們的劍忽然間就已經閃電般擊出。

就在這一瞬間，他們肉體的重量竟似已完全消失，變得像是風一樣可以在空中自由流動。

因爲他們已完全進入了忘我的境界，他們的精神已超越一切，控制一切。

劍光流動，楓葉碎了如血雨般落下來。

可是他們看不見。在他們心目中，世上所有的一切，都已不存在，甚至連他們的肉體已不存在。

天地間唯一存在的，只有對方的劍。

堅實的楓樹，被他們的劍鋒輕輕一劃，就斷成了兩截。

因爲他們眼中根本就沒有這棵樹。

茂密的楓林，在他們眼中只不過是片平地，他們的劍要到哪裡，就到哪裡。

世上已沒有任何事物能阻擋他們的劍鋒。

楓樹一棵棵倒下，滿天血雨繽紛。流動不息的劍光，卻忽然起了種奇異的變化，變得沉重而笨拙。

「叮」的一聲，火星四濺。

劍光忽然消失，劍式忽然停頓。燕十三盯著自己手裡的劍鋒，眼睛彷彿有火焰在燃燒，又彷彿有寒冰在凝結。他的劍雖然仍在手裡，可是所有的變化都已到了窮盡。他已使出了他的第十四劍。

現在他的劍已經死了。謝曉峰的劍尖，正對著他的劍尖。

他的劍若是條毒蛇，謝曉峰的劍就是根釘子，已釘在這條毒蛇的七寸上，將這條毒蛇活活的釘死。這一戰本來已該結束。

可是就在這時候，本來已經被釘死了的劍，忽然又起了種奇異的震動。

滿天飛舞的落葉，忽然全都散了，本來在動的，忽然全都靜止。

絕對靜止。

除了這柄不停震動的劍之外，天地間已沒有別的生機。

謝曉峰臉上忽然露出種恐懼之極的表情。

他忽然發現自己的劍雖然還在手裡，卻已經變成了死的。

當對方手裡這柄劍開始有了生命時，他的劍就已死了，已無法再有任何變化，因為所有的變化都已在對方這一劍的控制中。

所有的生命和力量，都已被這一劍奪去。

現在這一劍已隨時都可以刺穿他的胸膛和咽喉，世上絕沒有任何力量能阻止。

因爲這一劍就是「死」。

當「死亡」來臨的時候，世上又有什麼力量能攔阻？

可是這一劍並沒有刺出來。

燕十三的眼睛裡，忽然也露出種恐懼之極的表情，甚至遠比謝曉峰更恐懼。

然後他就做出件任何人都想不到，任何人都無法想像的事。他忽然迴轉了劍鋒，割斷了他自己的咽喉。

他沒有殺謝曉峰，卻殺死了自己！

可是在劍鋒割斷他咽喉的那一瞬間，他的眼睛裡已不再有恐懼。在那一瞬間，他的眼神忽然變得清澈而空明。

充滿了幸福和平靜。

然後他就倒了下去。

直到他倒下去，直到他的心跳已停止，呼吸已停頓，他手裡的劍還是震動不停。

夕陽消逝，落葉散盡。謝曉峰還沒有走。

他甚至連動都沒有動。他不懂，他不明白，他想不通，他不能相信一個人，怎能會在勝利的巔峰殺死自己？

但是他非相信不可。這個人的確已死了，這個人的心跳呼吸都已停止，手足也已冰冷。死的本來應該是謝曉峰，不是他。

可是他在臨死前的那一瞬間，心裡卻絕對沒有恐懼怨恨，只有幸福平靜。他並沒有瘋。在那一瞬間，他已經天下無敵，當然也沒有人能強迫他。

那麼他爲什麼要做這種事？

他爲什麼？

爲什麼？

爲什麼？……

夜已經很深了，很深很深。

謝曉峰還是動也不動的站在那裡。

他還是不懂，還是不明白，還是想不通，還是不明白。這個人在倒下去的時候，臉上的黑巾已經翻了起來。

謝曉峰已經看見了他的臉。這個人就是燕十三，就是藥爐邊那個衰老的人，就是救過他一命的人。

這個人救他的命，只因爲他是謝曉峰。

——若不能與謝曉峰一戰，燕十三死不瞑目。

謝曉峰並沒有忘記簡傳學的死，也沒有忘記簡傳學說的話。

——那個人一定會救你，但卻一定會死在你的劍下。

長夜漫漫。漫漫的長夜總算已過去，東方第一道陽光從楓林殘缺的枝葉間煦照進來，恰好照在謝曉峰臉上，就像是一柄金劍。

風吹枝葉，陽光跳動不停，又彷佛是那一劍神奇的震動。

謝曉峰疲倦失神的眼睛裡忽然有了光，忽然長長吐出口氣，喃喃道：「我明白了，我明白了……」

他身後也有人長長嘆了口氣，道：「我卻還是不明白。」

謝曉峰霍然回頭，才發現有個人跪在他後面，低垂著頭，髮髻衣衫都已被露水打濕，顯然已跪了很久。

他心神交瘁。竟沒有發覺這個人是什麼時候來的。

這人慢慢的抬起頭，看著他，眼睛裡滿佈紅絲，顯得說不出的疲倦和悲傷。

謝曉峰忽然用力握住了他的肩，道：「是你？你也來了！」

這人道：「是我，我早就來了，可是我一直都不明白！」

他轉向燕十三的屍身，黯然道：「你應該知道我一直都希望也能再見他一面。」

謝曉峰道：「我知道，我當然知道！」

他從未忘記鐵開誠說的話。

——他沒有朋友，沒有親人，他雖然對我很好，傳授我的劍法，卻從來不讓我親近他，也從來不讓我知道他從哪裡來，要往哪裡去。

——因爲他生怕自己會跟一個人有了感情。

——因爲一個人如果要成爲劍客，就要無情。

只有謝曉峰知道他們之間那種微妙的感情，因爲他知道燕十三並不是真的無情。

他長長嘆息，又道：「他一定也很想再見你，因爲你雖然不是他的子弟，卻是他劍法唯一的傳人，他一定希望你能看到他最後那一劍。」
鐵開誠道：「那一劍就是他劍法中的精粹？」
謝曉峰道：「不錯，那就是『奪命十三劍』中的第十五種變化，普天之下，絕沒有任何人能招架閃避。」
鐵開誠道：「你也不能？」
謝曉峰道：「我也不能。」
鐵開誠道：「可是他並沒有用那一劍殺了你。」
謝曉峰道：「那一劍若是真的擊出，我已必死無疑，只可惜到了最後一瞬間，他那一劍竟無法刺出來！」
鐵開誠道：「為什麼？」
謝曉峰道：「因為他心裡沒有殺機！」
鐵開誠又問道：「為什麼？」
謝曉峰道：「因為他救過我的命！」
他知道鐵開誠不懂，又接著道：「如果你救過一個人的命，就很難再下手殺他，因為你跟這個人已經有了感情。」
那無疑是種很難解釋的感情，只有人類，才會有這種感情。就因為人類有這種感情，所以人才是人。

鐵開誠道：「就算他不忍下手殺你，也不必死的！」

謝曉峰道：「本來我也想不通他爲什麼要死！」

鐵開誠道：「現在你已想通了？」

謝曉峰慢慢的點了點頭，黯然道：「現在我才明白，他實在非死不可。」

鐵開誠更不懂。

謝曉峰道：「因爲在那一瞬間，他心裡雖然不想殺我，不忍殺我，卻已無法控制他手裡的劍，因爲那一劍的力量，本就不是任何人能控制的，只要一發出來，就一定要有人死在劍下。」

每個人都難免會遇見一些連自己都無法控制，也無法了解的事。這世上本就有一種人力無法控制的神秘力量存在。

鐵開誠道：「我還是不明白他爲什麼一定要毀了自己。」

謝曉峰道：「他想毀的，並不是他自己，而是那一劍。」

鐵開誠道：「那一劍既然是登峰造極，天下無雙的劍法，他爲什麼要毀了它？」

謝曉峰道：「因爲他忽然發現，那一劍所帶來的只有毀滅和死亡，他絕不能讓這樣的劍法留傳世上，他不願做武學中的罪人。」

他的神情嚴肅而悲傷：「可是這一劍的變化和力量，已經絕對不是他自己所能控制的了，就好像一個人忽然發現自己養的蛇，竟是條毒龍！雖然附在他身上，卻完全不聽他指揮，他甚至連甩都甩不脫，只有等著這條毒龍把他的骨血吸盡爲止。」

鐵開誠的眼睛裡也露出恐懼之色，道：「所以他只有自己先毀了自己。」

謝曉峰黯然道：「因爲他的生命骨肉，都已經和這條毒龍融爲一體，因爲這條毒龍本來就是他這個人的精粹，所以他要消滅這條毒龍，就一定要先把自己毀滅。」

這是個悲慘和可怕的故事，充滿了邪異而神秘的恐懼，也充滿了至深至奧的哲理。

這故事聽來雖然荒謬，卻是絕對真實的，絕沒有任何人能否定它的存在。

現在這一代劍客的生命，已經被他自己毀滅了，他所創出的那一著天下無雙的劍法，也已同時消失。

謝曉峰看著他的屍身，徐徐道：「可是在那一瞬間，他的確已到達劍法中前無古人，後無來者的巔峰，他已死而無憾了。」

鐵開誠凝視著他，道：「你是不是寧願死的是你自己？」

謝曉峰道：「是的！」

他目中帶著種無法描述的落寞和悲傷：「我寧願死的是我自己。」

這就是人生。

人生中本就充滿了矛盾，得失之間，更難分得清。

鐵開誠脫下了自己被露水打濕的長衫，蒙住了燕十三的屍身，心裡在問：「如果死人也有知覺，他現在是不是寧願自己還活著，死的是謝曉峰？」

他不能答覆。他輕輕扳開燕十三握劍的手，將這柄劍收回在那個鑲著十三粒明珠的劍鞘裡。

名劍縱然已消沉，可是如今劍仍在。人呢？

旭日東昇，陽光滿天。謝曉峰沿著陽光照耀下的黃泥小徑，走回了那無名的客棧。昨天他沿著這條小徑走出去的時候，並沒有想到自己還能回來。

鐵開誠在後面跟著他走，腳步也跟他同樣沉重緩慢。

看看他的背影，鐵開誠又不禁在心裡問自己！

——現在他還是謝曉峰，天下無雙的謝曉峰，爲什麼他看起來卻好像變了很多？

客棧的女主人卻沒有變。

她那雙大而無神的眼睛裡，還是帶著種說不出的迷茫和疲倦。

她還是癡癡的坐在櫃後，癡癡的看著外面的道路，彷彿還是在期待著會有個騎白馬的王子，來帶她脫離這種呆板乏味的生活。

她沒有看見騎白馬的王子，卻看見了謝曉峰，那雙大而無神的眼睛裡，忽然露出種曖昧的笑意，道：「你回來了？」

她好像想不到謝曉峰還會回來，可是他既然回來了，她也並沒有覺得意外。世上有很多人都是這樣的，早已習慣了命運爲他們安排的一切。謝曉峰對她笑了笑，好像也已經忘了前天晚上她對他做的那些事。

青青道：「後面還有人在等你，已經等了很久！」

謝曉峰道：「我知道！」

慕容秋荻本來就應該還在等他，還有他們的那個孩子。

「他們人在哪裡？」

青青懶洋洋的站起來，道：「我帶你去。」

她身上還是穿著那套又薄又軟的衣裳。她在前面走的時候，腰下面每個部份謝曉峰都可以看得很清楚。

走出前廳，走進後面的院子，她忽然轉過身，上上下下的打量鐵開誠。鐵開誠很想假裝沒有注意到她，可是裝得一點都不好。

青青道：「這裡沒有人等你。」

鐵開誠道：「我知道！」

青青道：「我也沒有叫你跟著來！」

鐵開誠道：「你沒有。」

青青道：「那麼你爲什麼不到前面去等？」

鐵開誠很快就走了，好像不敢再面對她那雙大而無神的眼神。

青青眼睛裡卻又露出那種曖昧的笑意，看著謝曉峰道：「前天晚上，我本來準備去找你的。」

謝曉峰道：「哦？」

青青輕撫著自己腰肢以下的部份，道：「我連腳都洗過了。」

她洗的當然不僅是她的腳，她的手已經把這一點說得很明顯。

謝曉峰故意問：「你爲什麼沒有去？」

青青道：「因爲我知道那個女人給我的錢，一定比你給我的多，我看得出你絕不是個肯在女人身上花錢的男人。」

她的手更明顯是在挑逗：「可是只要你喜歡，今天晚上我還是可以……」

謝曉峰道：「我若不喜歡呢？」

青青道：「那麼我就去找你那個朋友，我看得出他一定會喜歡的！」

謝曉峰笑了，苦笑。

這個女人至少還有一點好處，她從來都不掩飾自己心裡想做的事。她也從來不肯放過一點機會，因爲她要活下去，要日子過得好些。如果只從這方面來看，有很多人都比不上她，甚至連他自己都比不上。

青青又在問：「你要不要我去找他？」

謝曉峰道：「你應該去！」

他說的是真心話，每個人都應該有找尋較好的生活的權力。

也許她用的方法錯了，那也只不過因爲她從來沒有機會選擇比較正確的法子。

根本就沒有人給她過這種機會。

「等你的人，就在那間屋子裡。」

那間屋子，就是謝曉峰前天晚上住的屋子。

青青已經走了，走出了很遠，忽然又回頭，盯著謝曉峰，道：「你會不會覺得我是個很不要臉的女人？」

謝曉峰道：「我不會。」

青青笑了，真的笑了，笑得就像嬰兒般純真無邪。

謝曉峰卻已笑不出。他知道世上還有許許多多像她這樣的女人，雖然生活在火坑裡，卻還是可以笑得像個嬰兒。因爲她們從來都沒有機會知道自己做的事有多麼可悲。他只恨世人爲什麼不給她們一些比較好的機會前，就已經治了她們的罪。

黑暗而潮濕的屋子，現在居然也有陽光照了進來。

無論多黑暗的地方，遲早總會有陽光照進來的。

一個枯老憔悴的男人，正面對著陽光，盤膝坐在那張一動就會「吱吱」作響的木板床上。陽光很刺眼，他那雙灰白的眼珠子卻連動都沒動。

# 四七　淡泊名利

他是個瞎子。

一個女人，背對著門，躺在床上，彷彿已睡著了，睡得很沉。

慕容秋荻並不在這屋子裡，小弟也不在。

這個可憐的瞎子，和這個貪睡的女人，難道就是在這裡等謝曉峰的？

可是他從來都沒有見過他們。

他已經走進來，正想退出去，瞎子卻喚住了他。

就像是大多數瞎子一樣，這個瞎子的眼睛雖然看不見，耳朵卻很靈。

他忽然問：「來的是不是謝家的三少爺？」

謝曉峰很驚訝，他想不到這瞎子怎麼會知道來的是他。

瞎子憔悴枯槁的臉上，又露出種奇異之極的表情，又問了句奇怪的話。

「三少爺難道不認得我了？」

謝曉峰道：「我怎麼會認得你？」

瞎子道：「你若仔細看看，一定會認得的。」

謝曉峰忍不住停下來，很仔細看了他很久，忽然覺得有股寒意從腳底升起。

他的確認得這個人。

這個可憐的瞎子，赫然竟是竹葉青，那個眼睛比毒蛇還銳利的竹葉青！

竹葉青笑了：「我知道你一定會認得我的，你也應該想得到我的眼睛怎麼會瞎。」

他的笑容也令人看來從心裡發冷：「可是她總算大慈大悲，居然還留下了我這條命，居然還替我娶了個老婆。」

謝曉峰當然知道他說的「她」是什麼人，卻猜不透慕容秋荻爲什麼沒有殺了他，更猜不透她爲什麼還要替他娶個老婆。

竹葉青忽又嘆了口氣，道：「不管怎麼樣，她替我娶的這個老婆，倒真是個好老婆，就算我再割下一雙耳朵來換，我也願意。」

他本來充滿怨毒的聲音，居然真的變得很溫柔，伸出一隻手，搖醒了那個睏睡的女人，道：「有客人來了，你總該替客人倒碗茶。」

女人順從的坐起來，低著頭下床，用破舊的茶碗，倒了碗冷茶送過來。

謝曉峰剛接過這碗茶，手裡的茶杯就幾乎掉了下去。

他的手忽然發冷，全身都在發冷，比認出竹葉青時更冷。

他終於看見了這個女人的臉。竹葉青這個順從的妻子，赫然竟是娃娃，那個被他害慘了的娃娃。

謝曉峰沒有叫出來，只因爲娃娃在求他，用一雙幾乎要哭出來的眼睛在求他，求他什麼都不要問，什麼都不要說。他不明白她爲什麼要這樣做？爲什麼甘心做她仇人的妻子？

可是他終於還是閉上了嘴，他從來不忍拒絕這個可憐女孩的要求。

竹葉青忽然又問道：「我的老婆是不是很好？是不是很漂亮？」

謝曉峰勉強控制自己的聲音，道：「是的。」

竹葉青又笑得連那張枯槁憔悴的臉上都發出了光，柔聲道：「我雖然看不見她的臉，可是我也知道她一定很漂亮，這麼樣一個好心的女人，絕不會長得醜的。」

他不知道她就是娃娃。

如果他知道他這個溫柔的妻子，就是被他害慘了的女人，他會怎麼辦？謝曉峰不願再想下去，大聲的問：「你是不是在等我？是不是『夫人』要你等我的？」

竹葉青點點頭，聲音又變得冰冷：「她要我告訴你，她已經走了，不管你是勝是負，是死是活，她以後都不想再見你。」

這當然絕不是她真正的意思。

她要他留下來，只不過要謝曉峰看看他已變成了個什麼樣的人，娶了個什麼樣的妻子。

竹葉青忽然又道：「她本來要小弟也留下來的！但是小弟也走了，他說他要到泰山去。」

謝曉峰忍不住問：「去做什麼？」

竹葉青的回答簡單而銳利：「去做他自己喜歡做的事。」

他的聲音又變得充滿譏誚：「因爲他既沒有顯赫的家世，也沒有父母兄弟，就只有自己去碰一碰運氣，闖自己的天下。」

謝曉峰沒有再說什麼。該說的話，好像都已說盡了，他悄悄的站起來，悄悄的走了出去。

他相信娃娃一定會跟著他出來的，她有很多事需要解釋。

這就是娃娃的解釋——

「慕容秋荻逼我嫁給他的時候，我本來決心要死的。」

「我答應嫁給他，只因爲我要找機會殺了他，替我們一家人報仇。」

「可是後來我卻沒法子下手了。」

「因爲他已經不是以前那個害了我們一家人的竹葉青，只不過是個可憐而無助的瞎子，不但眼睛瞎了，兩條腿上的筋也被挑斷。」

「有一次我本來已經下了狠心要殺他，可是等我要下手的時候，他卻忽然從睡夢中哭醒，痛哭著告訴我，他以前做過多少壞事。」

「從那一次之後，我就沒法子再恨他。」

「雖然我時時刻刻在提醒我自己，千萬不要忘記我對他的仇恨，可是我心裡對他已經沒有仇恨，只有憐憫和同情。」

「他常常流著淚求我不要離開他，如果沒有我，他一天都活不下去。」

「他不知道現在我也一樣離不開他了。」

「因爲只有在他身旁，我才會覺得自己是個真正的女人。」

「他既不知道我的過去，也不會看不起我，更不會拋棄我，乘我睡著的時候偷偷溜走。」

「只有在他身邊，我才會覺得安全幸福，因爲我知道他需要我。」

「對一個女人來說，能知道有個男人真正需要她，就是她最大的幸福了。」

「也許你永遠無法明白這種感覺，可是不管你說什麼，我都不會離開他。」

謝曉峰能說什麼！他只說了三個字，除了這三個字外他實在想不出還能說什麼？

他說：「恭喜你。」

冷月。新墳。「燕十三之墓。」

用花岡石做成的墓碑上，只有這箇箇單單的五個字，因爲無論用多少字，都無法刻劃出他充滿悲傷和傳奇的一生。這位絕代的劍客，已長埋於此。他曾經到達過從來沒有別人到達過的劍術巔峰，現在卻還是和別人一樣埋入了黃土。

秋風瑟瑟。謝曉峰的心情也同樣蕭瑟。鐵開誠一直在看著他，忽然問道：「他是不是真的能死而無憾？」

謝曉峰道：「是的。」

鐵開誠道：「你真的相信他殺死的那條毒龍，不會在你身上復活？」

謝曉峰道：「絕不會。」

鐵開誠道：「可是你已經知道他劍法中所有的變化，也已經看到了他最後那一劍。」

謝曉峰道：「如果說這世上還有人能同樣使出那一劍來，那個人當然是我。」

鐵開誠道：「一定是你。」

謝曉峰道：「但是我已經終生不能再使劍了。」

鐵開誠道：「爲什麼？」

謝曉峰沒有回答，卻從袖中伸出了一雙手。他的兩隻手上，拇指都已被削斷。

沒有拇指，絕不能握劍。對一個像謝曉峰這樣的人來說，不能握劍，還不如死。

鐵開誠的臉色變了。謝曉峰卻在微笑，道：「以前我絕不會這麼做的，寧死也不會做。」

他笑得並不勉強：「可是我現在想通了，一個人只要能求得心裡的平靜，無論犧牲什麼，都是值得的。」鐵開誠沉默了很久，彷彿還在咀嚼他這幾句話裡的滋味。

然而他又忍不住問：「難道犧牲自己的性命也是值得的？」

謝曉峰道：「我不知道。」

他的聲音平和安詳：「我只知道一個人心裡若不平靜，活著遠比死更痛苦得多。」

他當然有資格這麼樣說，因爲他確實有過一段痛苦的經驗，也不知接受過多少次慘痛的經驗後，才掙開了心靈的枷鎖，得到解脫。

看到他臉上的平靜之色，鐵開誠終於也長長吐出口氣，展顏道：「現在你準備到哪裡去？」

謝曉峰道：「我也不知道，也許我已經應該回家去看看，可是在沒有回去之前，也許我還會到處去看看，到處去走走。」

他又笑了笑：「現在我已經不是那個天下無雙的劍客謝三少爺了，我只不過是個平平凡凡的人，已不必再像他以前那麼樣折磨自己。」

一個人究竟是個什麼樣的人？究竟要做個什麼樣的人？通常都是由他自己決定。

他又問鐵開誠：「你呢？你想到哪裡去？」

鐵開誠沉吟著，緩緩道：「我也不知道，也許我應該回家去看看，可是在沒有回去之前，也許我還會到處去看看，到處去走走！」

謝曉峰微笑，道：「那就好極了。」

這時清澈的陽光，正照著他們面前的錦繡大地。

這是個單純而簡樸的小鎮，卻是到泰山去的必經之路。他們雖然說是隨便看看，隨便走走，卻還是走上了這條路。有時候人與人之間的關係，就像是你放出去的風箏一樣，不管風箏已飛得多高，飛得多遠，卻還是有根線在連繫著。

只不過這條線也像是繫在河水中那柄劍上的線一樣，別人通常都看不見而已。

這小鎮上當然也有個不能算太大，也不能算太小的客棧。這客棧裡當然也賣酒。

鐵開誠道：「你有沒有見過不賣酒的客棧？」

謝曉峰道：「沒有。」

他微笑：「客棧裡不賣酒，就好像炒菜時不放鹽一樣，不但是跟別人過不去，也是跟自已過不去。」

奇怪的是，這客棧裡不但賣酒，好像還賣藥。

隨風吹來的一陣陣藥香，比酒香還濃。

鐵開誠道：「你見過賣藥的客棧沒有？」

謝曉峰還沒有開口，掌櫃的已搶著道：「小客棧裡也不賣藥，只不過前兩天有位客人在這裡病倒了，他的朋友正在爲他煎藥。」

鐵開誠道：「他得的是急病？」

掌櫃的嘆了口氣，道：「那可真是急病，好好的一個人，一下子就病得快死了。」

他忽然發覺自己說錯了話，趕緊又陪笑解釋：「可是他那種病絕不會過給別人的，兩位客官只管在這裡放心住下去。」

但是一下子就能讓人病得快要死的急病，通常都是會傳染給別人的。久經風塵的江湖人，大多都有這種常識。鐵開誠皺了皺眉，站起來踱到後面的窗口，就看見小院裡屋簷下，有個年輕人正在用扇子搧著藥爐。替朋友煮藥的時候，身上通常都不會帶著兵刃，這個人卻佩著劍，而且還用另一隻手緊握劍柄，好像隨時都在防禦著別人暗算突襲。鐵開誠看了半天，忽然喚道：「小趙。」

這個人一下子就跳起來，劍已離鞘，等到看清楚是鐵開誠時，才鬆了口氣，陪笑道：「原來是總鏢頭。」

鐵開誠故意裝作沒有看見他緊張的樣子，微笑道：「我就在外面喝酒，等你的藥煎好，也來跟我們喝兩杯如何？」

小趙叫趙清，本來是紅旗鏢局的一個趟子手，可是從小就很上進，前些年居然投入了華山門下。那雖然是因爲他自己的努力，也有一半是因爲鐵開誠全力在培植他。

鐵開誠對他的邀請，他當然不會拒絕的。他很快就來了。

兩杯酒過後，鐵開誠就問：「你那個生病的朋友是誰？」

趙清道：「是我的一位師兄。」鐵開誠道：「他得的是什麼病？」趙清道：「是……是急病。」他本來是個很爽快的年輕人，現在說話卻變得吞吞吐吐，彷彿有什麼不願讓別人知道的秘密。

鐵開誠微笑著，看著他，雖然沒有揭穿他，卻比揭穿了更讓他難受。他的臉開始有點紅了，他從來沒有在總鏢頭面前說謊的習慣，他想老實說出來，怎奈總鏢頭旁邊又有個陌生人。鐵開誠微笑道：「謝先生是我的朋友，我的朋友絕不會出賣朋友的。」

趙清終於嘆了口氣，苦笑道：「我那師兄的病，是被一把劍刺出來的。」

被一把劍刺出來的病，當然是急病，而且一定病得又快又重。

鐵開誠道：「病的是你哪一位師兄？」

趙清道：「是我的梅大師兄。」

鐵開誠動容道：「就是那位『神劍無影』梅長華？」

他的確吃了一驚。梅長華不但是華山的長門弟子，也是江湖中成名的劍客。以他的劍術，怎麼會「病」在別人的劍下？

鐵開誠又問道：「是誰讓他病倒的？」

趙清道：「是點蒼派一個新入門的弟子，年紀很輕。」

鐵開誠更吃驚。華山劍殺的威名，遠在點蒼之上，點蒼門下一個新入門的弟子，怎麼能擊敗華山的首徒？

趙清道：「我們本來是到華山去赴會的，在這裡遇見他，他忽然跟我大師兄衝突起來，要跟我大師兄單打獨鬥，決一勝負。」

他嘆息著，接著道：「那時候我們都以爲他瘋了，都認爲他是在找死，想不到……誰也想不到大師兄居然會敗在他的劍下。」

鐵開誠道：「他們是在幾招之內分出勝負的？」

趙清臉色更尷尬，遲疑了很久，才輕輕的道：「好像不滿十招。」

一個初入門的點蒼弟子，居然能在十招內擊敗梅長華。

這不但令人無法思議，也是件很丟人的事，難怪趙清吞吞吐吐，不想說出來。

何況梅長華一向驕傲自負，在江湖中難免有不少仇家，當然還要防備著別人來乘機尋仇。

趙清又道：「可是他的劍法，並不完全是點蒼的劍法，尤其是最後那一劍，不但辛辣奇詭，而且火候老到，看來至少也有十年以上苦練的功夫。」

鐵開誠道：「你想他會不會是帶藝投師的？」

趙清道：「一定是。」

謝曉峰忽然問道：「他是個什麼樣的人？」

量。」

趙清道：「他年紀很輕，做事卻很老練，雖然很少說話，說出來的話卻都很有份量。」

他想了想，又道：「看樣子他本不是那種一言不合，就會跟別人決鬥的人，這次一定是爲了想要在江湖中立威求名，所以才出手的。」

謝曉峰道：「他叫什麼名字？」

趙清道：「他也姓謝，謝小荻。」

謝小荻。這三個字忽然之間就已名滿江湖。

就在短短五天之內，他刺傷了梅長華，擊敗了秦獨秀，甚至連武當後輩弟子中第一高手歐陽雲鶴，也敗在他的劍下。這個年輕人的崛起，簡直就像是奇蹟一樣。

夜。桌上有燈有酒。

鐵開誠把酒沉吟，忽然笑道：「我猜現在你一定已經知道謝小荻是誰了。」

謝曉峰並沒有直接回答他的話，卻嘆息著道：「我只知道他一定急著想成名，因爲只有成名之後，他才能驅散壓在他心上的陰影。」

——什麼是他的陰影？

——是他那太有名的父母？

還是那段被壓制已久的痛苦回憶？

鐵開誠道：「他故意找那些名家子弟的麻煩，我本來以爲他是想爭奪泰山之會的盟主。」

「可是他並沒有那麼做。」

「因爲他知道他的聲望還不夠，所以他還是將厲真真擁上了盟主的寶座。」

「那已是前兩天的事。今天的消息是，他已經娶了新任的盟主厲真真做老婆。」

鐵開誠微笑道：「現在我才知道，他遠比我們想像中聰明得多。」

厲真真當然也是個聰明人，當然也看得出他們的結合對彼此都有好處。

鐵開誠道：「我一直在想，不知道慕容夫人聽到他的消息時，會有什麼感覺？」

謝曉峰也不知道。

他甚至連自己心裡是什麼感覺都分不出。

鐵開誠忽又笑道：「其實我們也不必爲他們擔心，江湖中每一代都會有他們這種人出現的，他們在掙扎著往上爬的時候，也許會不擇手段，可是等他們成名時，就一定會好好去做。」

因爲他們都很聰明，絕不會輕易將辛苦得來的名聲葬送。也許就因爲江湖中永遠有他們這種人存在，所以才能保持平衡。因爲他們彼此間一定還會互相牽制，那種關係就好像世上不但要有虎豹獅狐，也要有老鼠蚊蚋，才能維持自然的均衡。

謝曉峰忽然嘆了口氣，道：「一個既沒有顯赫的家世，也沒有父母可依靠的年輕人，要成名的確很不容易。」

鐵開誠道：「但是年輕人卻應該有這樣的志氣，如果他是在往上爬，沒有人能說他走錯了路。」

謝曉峰道：「是的。」

就在他這麼說的時候，忽然有群年輕人闖進來，大聲喝問：「你就是謝曉峰？」

謝曉峰點頭。

有個年輕人立刻拔出劍，用劍尖指著他：「拔出你的劍來，跟我一分勝負。」

謝曉峰道：「我雖然是謝曉峰，卻已經不能再用劍了。」

他讓這年輕人看他的手。

年輕人並沒有被感動，他們想成名的心太切了。

不管怎麼樣，謝曉峰畢竟就是謝曉峰，誰殺了謝曉峰誰就成名。

他們忽然同時拔出劍，向謝曉峰刺了過去。

謝曉峰雖然不能再握劍，可是他還有手。他的手輕斬他們的脈門，就像是一陣急風吹過。

他們的劍立刻脫手。

謝曉峰拾起劍柄，用食中兩指輕輕一拗，就拗成了兩段。

然後他只說了一個字！

「走。」

他們立刻就走了，走得比來的時候還快。鐵開誠笑了。

他們都是年輕人，熱情如火，魯莽衝動，做事完全不顧後果。可是江湖中永遠都不能缺少這種年輕人，就好像大海裡永遠不能沒有魚一樣。

就是這群年輕人，才能使江湖中永遠都保持著新鮮的刺激，生動的色彩。

鐵開誠道：「你不怪他們？」

謝曉峰道：「我當然不怪他們。」

鐵開誠道：「是不是因爲你知道等他們長大了之後，就一定不會再做出這種事？」

謝曉峰道：「是的。」

他想了又想，又道：「除此之外，當然還有別的原因。」

鐵開誠道：「什麼原因？」

謝曉峰道：「因爲我也是個江湖人。」

生活在江湖中的人，雖然像是風中的落葉，水中的浮萍。他們雖然沒有根，可是他們有血性，有義氣。他們雖然經常活在苦難中，可是他們既不怨天，也不尤人。因爲他們同樣也有多姿多采、豐富美好的生活。

謝曉峰道：「有句話你千萬不可忘記。」

鐵開誠道：「什麼話？」

謝曉峰道：「只要你一旦做了江湖人，就永遠是江湖人。」

鐵開誠道：「我也有句話。」

謝曉峰道：「什麼話？」

鐵開誠道：「只要你一旦做了謝曉峰，就永遠是謝曉峰。」

他微笑，慢慢的接著道：「就算你已不再握劍，也還是謝曉峰。」

【三少爺的劍】全書完

古龍精品集 05

# 三少爺的劍（下）

作者：古龍
發行人：陳曉林
出版所：風雲時代出版股份有限公司
地址：10576台北市民生東路五段178號7樓之3
電話：(02) 2756-0949　　傳真：(02) 2765-3799
封面原圖：明人出警圖（原圖爲國立故宮博物館典藏）
封面影像處理：風雲編輯小組
執行主編：劉宇青
行銷企劃：林安莉
業務總監：張瑋鳳
出版日期：古龍80週年紀念版2019年1月
ISBN：986-146-282-1

風雲書網：http://www.eastbooks.com.tw
官方部落格：http://eastbooks.pixnet.net/blog
Facebook：http://www.facebook.com/h7560949
E-mail：h7560949@ms15.hinet.net
劃撥帳號：12043291
戶名：風雲時代出版股份有限公司

風雲發行所：33373桃園市龜山區公西村2鄰復興街304巷96號
電話：(03) 318-1378　　傳真：(03) 318-1378
法律顧問：永然法律事務所 李永然律師
北辰著作權事務所 蕭雄淋律師

行政院新聞局局版台業字第3595號 營利事業統一編號22759935


**定價：240元**


國家圖書館出版品預行編目資料

三少爺的劍／古龍作.　--　再版.　--　臺北市：風雲時代，2006〔民95〕
冊；　公分.　--（古龍武俠名著經典系列）
ISBN　986-146-281-3（上冊：平裝）
ISBN　986-146-282-1（下冊；平裝）
857.9　　　　95005686